村人召喚？ お前は呼んでないと追い出されたので気ままに生きる2

丹辺るん
Run Nibe

RB
レジーナ文庫

登場人物紹介
クルル・コートン
職業：冒険者
ウルルの双子の妹。
普段はのんびり屋だが、
少し腹黒。
〈錬金魔法〉を使った
ものづくりが得意。
ウルル・コートン
職業：冒険者
クルルの双子の姉。
おバカさんだけど、
ものすごく強い。
巨大な武器を使った
近接戦が得意。
ミュウ・アルメリア
職業：冒険者
ミサキの異世界でできた
最初の友達。
色々な武器を
使いこなせる。
優しくてしっかり者。
ミサキ・キサラギ
職業：村人⇒冒険者
勇者召喚に巻き込まれ、
異世界に来てしまった日本人。
この世界で第二の人生を
始めたところ、なぜかチートな
魔法が使えることが判明した。

リコ
いつもアイリと一緒にいる
謎のもふもふ生物。
アイリ・エストーラ
職業：冒険者（見習い）
商人の娘で、
ミサキたちとともに
商会の護衛を
することになった。
ちょっぴり人見知り。
ケン・カトウ
職業：勇者（兼 冒険者）
ミサキと一緒に、
日本から召喚された。
≪魔獣暴走《スタンピード》≫以降、
ミサキを慕っている。
炎を使った攻撃が得意。
マルコ
職業：冒険者
ケンの冒険者仲間。
伯爵家の出身だが、
自分が貴族であることを
隠している。
盾を使った戦闘が得意。

目次

村人召喚？　お前は呼んでないと追い出されたので気ままに生きる２

第一章　勇者と聖女《せいじょ》

私は如月美咲《きさらぎみさき》。元々は日本の大学生だったんだけど、少し前にこの国、サーナリア王国へやってきた。

魔人っていう強大な敵に対抗するために、勇者の素質《そしつ》がある人を異世界から召喚するという儀式に巻き込まれて、気づいたら見知らぬ城にいた。

……そう、私は異世界に来てしまったのだった。

ケン・カトウ――私はケン君って呼んでる――っていう勇者たちと一緒に召喚されたにもかかわらず、なぜか私の職業は職業とも呼べない「村人」。

そんな人は呼んでませんってことで、わけのわからないまま、城から追い出されてしまった。

困った私は、ファンタジー小説ではよくある展開……ということで、お約束通り、異世界の街に出て冒険者を目指すことに。

今じゃ、この世界で初めてできた友達の美少女ミュウ・アルメリア、ちょっと変わった双子の姉妹ウルル・コートンとクルル・コートンと四人でパーティーを組み、冒険者ミサキ・キサラギとしてそれなりに活動できるようになってきた。

そうしているうちに判明したんだけど、どうやら私は村人なのに、チートな魔法が使えるらしい。

というわけで、異世界に来て早々に魔獣が大量発生する現象、《魔獣暴走《スタンピード》》をおさめる手伝いをすることになった。しかも勇者が戦うはずの魔人と戦ったり……と、割と穏やかじゃない生活をしてたんだけど。

そんな激闘を繰《く》り広げたのも、もう二週間も前。

大量発生した魔獣はほとんどが討伐《とうばつ》されて、冒険者ギルドに貼り出される依頼も、採集や雑用の依頼が多くなってきた。依頼を受けて森に行っても、大型の魔獣とはほとんど遭遇しない。

激しい戦闘で壊れた武具の買い替えや注文も無事に済んでるし、やっと平穏な生活ができるかな。

……とか思った矢先、さらなる面倒事が舞い込んできた。

「失礼、ミサキ様ですね？」

「わ!?」

お昼頃私が宿から出ると、タイミングを見計らったように、どこからか現れたカイゼル髭のおじさんに声をかけられた。あまりにも突然だったせいで、大声を上げてしまった。

そのおじさんに見覚えはなかったので、恐る恐る尋ねる。

「なにか、ご用ですか？」

「ええ。こちらをあなたに渡すよう仰《おお》せつかっております。至急、ご覧ください」

「え？」

そのおじさんが差し出したのは、銀色の封蝋《ふうろう》のなされた立派な手紙。差出人の名前は書いてないけど、封蝋《ふうろう》はこの国の国旗と同じ紋章《もんしょう》のものだった。うわぁ……面倒なもの、もらっちゃったなぁ。

「では、確かにお渡ししましたぞ」

「はぁ……」

誰からの手紙なのかを察して、私が思いっきり渋《しぶ》い顔をしているのも気にせず、おじさんは近くに停《と》めていたらしい馬車に乗り込んで、さっさと去った。あんなに豪華な馬車に気がつかなかったのか、私。

……手紙一つ渡すためにあんな立派な馬車に乗る人をよこすなんて、送り主はこの国の王様しかいないよね。

というか、《魔獣暴走《スタンピード》》のあと、『やっぱり城に戻ってこないか』と言う王様に、直接、もう戻らないって伝えたはずなんだけど。かといって、この封筒を無視するわけにもいかないんだよね。まがりなりにも国のトップ直々の手紙だし。今からギルドに行くつもりだったけど……さすがにこんな明らかに「高級品です」って雰囲気の封筒を、人が多いところで開けるのはマズいと思う。

ということで、泊まっている宿の部屋に戻った。

そういえば、私はこっちの世界に来てから、ずっと同じ部屋に泊まり続けてるんだけど……そろそろ、ちゃんとした拠点《きょてん》を設《もう》けないといけないかな。

お金には余裕があるから、どこかで家を借りるか、いっそ建てるか。一か月以上宿暮らしなのは、長い目で見るとすごくお金がもったいない気がするし。

おっと、そんなことよりも手紙手紙。拠点《きょてん》の話は皆がいるときにすればいいよね。

さてさて、手紙にはなんて書いてあるんだろう。早速《さっそく》読んでみると……

「……えーっと？」

なんだか複雑で長ったらしく、遠回しな文章が書かれている。

偉い人たちって、なんでこんなにわかりにくい、まるで暗号みたいな書き方するんだろう。

長い手紙をすごく苦労しながら読んだところ、書いてあったのは、『勇者ケンの今後について話したいから、同席してほしい。明日来てくれ』ってことだった。

……もっと簡単に書けばいいいんじゃないかな、こういうのって。

「うーん……行かなきゃダメかなぁ。でも招待状あるし……」

私も召喚者だけど、勇者のケン君とは違ってただの村人で、今は冒険者。

身分でいうと平民で、普通なら王城には入れない……はずなんだけど、しっかりと私あての招待状が同封されていた。これは、絶対に来いって言われてる感じがする。

それと、追伸で城に入るにはドレスコードがなんとかって書いてあるんだけど……私はきちんとしたドレスなんて持ってないし、完全にオーダーメイドで作るドレスを、今からどこかに注文しても間に合わない。誰かに相談しようにも、一緒に暮らしているパーティーメンバーのミュウたちは今日は皆出かけている。

帰ってきてからじゃ用意できないだろうし……こういうことは前もって言ってほしいよ。

「仕方ない……ローブでいっか」

ローブは冒険者の、というか魔法使いの正装ってことにしよう。断られたらそのまま帰ればいいんだし。……むしろ、そうだと楽でいいんだけど。

私は思わず、深くため息をついた。

そして翌朝。

私はもう二度と来ないだろうと思っていた、王城の門の前にいた。

そこには、王城に入る手続きを待つ人の行列ができている。

きらびやかな服を着た商人や貴族と思《おぼ》しき人たちが列を作ってる中で、いつものローブを着て杖《つえ》を持った私だけ、どう見ても浮いてる。明らかに場違いな私に向けられる視線が痛い。

前回来たときは一緒にいたケン君の顔パスで入ったから、ここに並ぶのは初めてだったりする。

「はぁ……」

こんなことなら、ミュウたちも連れてくればよかった。……だけど、招待されたのは私一人だけ。平民のミュウやコートン姉妹は、紹介状なしで王城に入ることはできない。

というか、平民に招待状が届くことが既《すで》におかしいらしい。

なんでも王城に入れるのは特別な人だけだから、平民の憧《あこが》れなんだって。昨日、呼び出しを受けたことを話したら、ミュウがそう教えてくれた。

ミュウは、私が異世界から来た召喚者だってことを知ってる。ウルルとクルルにも、《魔獣暴走《スタンピード》》のあとに話してるし。だから王城に呼ばれたこと自体には驚かなかったけど、三人とも城に入ったことがないから、羨《うらや》ましいらしい。

……まぁそもそも、私も追放された身なんだけどね。

王様の都合で追い出しておいて、どうしてこう、何度も呼ぶのか。

なんてことを考えているうちに、あっという間に私の番になった。

「次！　……む？　冒険者か？」

門番の兵士さんは、私を見て眉《まゆ》を顰《ひそ》めた。まぁ、貴族や商人に交《ま》じって冒険者が来たら、そんな顔もするよね。

「冒険者を許可なく王城に入れるわけにはいかん。招待状は持っているのか？」

「一応。これでいいですか？」

私が招待状を取り出すと、兵士さんは受け取ったあと目を擦《こす》って、何度もそれを見返した。ついでに私と招待状を何度も何度も見比べてる。

気持ちはわかるけど、一応それ、本物ですよ。

あのカイゼル髭《ひげ》のおじさんが、偽物を渡してないのなら。

穴があくほど招待状を眺《なが》めていた兵士さんは、後ろに控《ひか》えていた別の兵士さんになにかを指示した。そして走っていく兵士さんを見て頷き、私に招待状を返してくれる。

「大変失礼した。うむ、通ってよし！」

「……ありがとうございます」

追い返されても文句は言わなかったんだけど、問題なく通過できてしまった。

「まぁいいや。さて、これからどうしよう？」

私は一人で呟《つぶや》いた。

何事もなく王城に入れたのはいい。けど、招待状には王城に来いとしか書いてなくって、どこに向かえばいいのか、全くわからない。

ここに来るのは三度目とはいえ、誰かの案内なしで歩き回れるほど、私の方向感覚と記憶力は優《すぐ》れていない……簡単に迷う自信がある。

「……うん？」

私が途方に暮れていると、王城の中から誰かが走ってくるのが見えた。というかアレは……

「ミサキさーん！」

「ケン君!?」

大声で私を呼びながら走ってきたのは、私と同じ召喚者のケン君だった。

ケン君は私と同じ日本人で、この国が一番欲《ほっ》していた、勇者。

手紙に書いてあったように、今回私が呼び出された件にはケン君も関わってるらしい。

だからいずれ会うだろうとは思っていたけど、まさかケン君のほうからやってくるなんて。しかも走って。さっきの兵士さんが呼びに行ってくれたっぽい。

ケン君は《魔獣暴走《スタンピード》》のとき、なんとか魔人を倒したあと、冒険者になるって言って王城を飛び出した。

そんなのアリ？　って思ったけど、結局勇者と冒険者を両方やるって言ってたはず。

あれからなにをしていたか全く知らなかったけど、相変わらず王城で暮らしてたのかな？

ケン君は、ニコニコ笑いながら話す。

「お久しぶりです！　ミサキさん！」

「あーうん、久しぶり……」

「いやぁ、ミサキさんが来たって聞いて、思わず飛び出してきちゃいましたよ」

「そ、そう……」

ケン君、なんでこんなにテンション高いの？　こう、なんていうか……尻尾《しっぽ》を振る子犬っぽい雰囲気がある。以前のケン君はこんな無邪気じゃなかったような……どうも私の記憶にあるケン君と微妙に一致しない。

「？　どうしました？」

私が首を捻《ひね》っているのに気がついて、ケン君はきょとんとした顔で聞いてきた。

「あ、いや、なんでもない」

「そうですか」

言えない……実は偽物なんじゃ？　とか思ってたなんて。

幸いケン君は、深く聞いてくることはなかった。

二週間くらい会ってないだけで、人のイメージって変わるんだなぁ……なんて思いつつ、案内してくれるというケン君についていく。王城で過ごしている時期が長いだけあって、ケン君の足取りに迷いはない。

「それにしてもミサキさん、普通の格好で来たんですね」

前を歩くケン君が振り向いて、突然そんなことを言った。

「仕方ないでしょ。きちんとしたドレスなんて、そんなにすぐ作れないし」

「あぁ……確かに。あっ！　なら、城にあるやつ借りますか？」

ケン君が、閃《ひらめ》いた！　みたいな感じで、王城には使っていないドレスがたくさんあることを教えてくれた。うーん、ケン君の気遣《きづか》いはありがたいけど、私は別に、ドレスを着たいわけじゃないんだ。

「いいよ、このままで」

「そうですか……」

ケン君は、シュンと眉尻《まゆじり》を下げる。

なんでケン君のほうが残念そうにしてるの。私がドレスを着たって面白くもなんともないんだから、このままでいいでしょ。

……ぶっちゃけて言うと、ドレスは動きにくそうだから、私は好きじゃないんだよね。あと、コルセットみたいなので締めつけられるのも嫌。

そんなことを話しているうちに、どうやら目的の部屋に着いたらしい。ケン君が扉を開けてくれた。

「さ、どうぞミサキさん」

「ありがとう」

この部屋には見覚えがある。召喚された直後と魔人を倒したあとの二回、来たところ。

この部屋って、ものすごく豪華な応接室なのかな？

あ、部屋の中央にあるソファーに、男性が一人座っている。

私は初めて会うけど、この人も王様に呼び出された人？

その男性は、私の視線に気がついたのか、ゆっくりと立ち上がってケン君の隣に並んだ。

「ミサキさんは初対面ですよね……紹介します。コイツはマルコ、俺の冒険者仲間です」

ケン君の紹介を聞いてにこりと笑った男性の名前は、マルコっていうらしい。

金髪に深い青の目をしたイケメンで、年上かと思ったけど……ケン君の話し方だと、同年代っぽい感じもする。

そのマルコが、スッとお辞儀をする。ずいぶん様になってるというか、ただのお辞儀なのに、どこか洗練された雰囲気がある。

「初めまして、マルコといいます。以後、お見知りおきを」

「初めまして。ミサキ・キサラギです」

軽い自己紹介のあと、マルコは手を差し出した。よくわからないけど、その上に私の手を重ねる。

すると、マルコがにこやかに爆弾を放《ほう》った。

「お会いできて光栄です、聖女様《せいじょ》」

「へ？」

マルコの言葉が衝撃的すぎて、金縛《かなしば》りにあったみたいに体が動かなくなる。

「おま、あれほどミサキさんには言うなって言ったのに……！」

ケン君が青ざめながら、マルコの口を塞《ふさ》いだ……けど、もう遅いよ。

……私が、聖女様？　ちょっと待って、どういうこと？

マルコはケン君の手を口からはがして、固まる私から離れた。そしてケン君と向き合う。

「なにをするのです、ケン。僕、なにかおかしなこと言いましたか？」

「言ったんだよ！」

ようやく復活しつつある私の前で、ケン君がマルコの肩を両手で揺《ゆ》さぶった。マルコはよくわかってないみたいだけど、ケン君はなんだか必死の形相《ぎょうそう》になってる。

「ミサキさんは聖女じゃねぇ、ってあれほど言ったろ⁉」

「ですが、城内で噂になっていたではないですか」

……え？　私が聖女だって噂が城内で流れてる？　どういうこと？

ケン君は、その噂を否定してくれたけど……そもそも、なにがどうなったらそんな噂が流れるの？

ダメだ。考えれば考えるほど、なんでそんなことになるのかわからなくなる。

なら、真相を知ってそうなケン君に、事の次第を聞くしかないね。

「……ねぇ、ケン君。どういうこと？　私が聖女って、なに？」

「ひぃ!?　す、すみません今説明します！」

私が声をかけると、ケン君はなぜか小さな悲鳴を上げて、早口で説明を始めた。私は別に、怒ってるわけじゃないのに。

その、ケン君曰《いわ》く。

《魔獣暴走《スタンピード》》や魔人戦のあと、そのときのことを王様に詳しく説明したらしい。私が強力な結界を張ったり、とんでもない回復魔法を使ったりしたことなんかを、ケン君は全部報告したんだって。

その後、私は王様に呼び出され、城に戻るつもりはないとはっきり告げたわけだけど……

しばらくして王様が、『ミサキはもしかすると、伝承にあった聖女なのではないか!?』とかなんとか言っちゃったのを、その場にいた偉い人たち全員が聞いてしまったらしい。

それからあっという間に、私イコール聖女っていう噂が城内に広まった……と。

「俺が王様にミサキさんのことを報告したせいで、大事《おおごと》になっちゃったみたいで……すみません」

ケン君が申し訳なさそうに、どんどん小さくなっていく。でも話を聞いている限り、ケン君はなにも悪いことをしてないよ。王様に報告しろって言われて、そうしただけなんだから。

つまり……悪いのは、意味のわからないことをうっかり口走った王様。私は冒険者だし、城には戻らないってちゃんと伝えたはずなのに、なんでこんなことになってるのかな。

すると、マルコが不思議そうに首を傾げた。

「ええと、ということは、ミサキ様は聖女様ではないのですか？」

「その、様っていうのやめてくれない？　私はただの冒険者なの」

「そ、そうですか……」

様づけされるとなんか落ち着かない。

喜んでいたマルコには悪いけど、私は聖女なんかじゃないし、普通に呼んでほしいな。

マルコが残念そうに肩を落とした。……っていうか、さらっと聞いてたけど。

「聖女ってなに？」

前に日本で読んだファンタジー小説に出てきた、チートな治癒《ちゆ》魔法が使える女の子みたいな人？　この国にもいるの？

「王様が言うには、勇者召喚で呼ばれるのは、通常〝勇者〟〝賢者《けんじゃ》〟〝武術師範《ぶじゅつしはん》〟の三人。

けれど稀《まれ》に四人目の〝聖女〟という職業の女性が召喚されるという伝承があるらしいんです。ミサキさんの職業は召喚されたとき〝村人〟だったので王様は追い出してしまったらしいんですが……冷静に考えたら、やはりミサキさんが聖女なのではないかと思ったそうで……」

ケン君の説明を聞いて、私は頷いた。結局、聖女かどうかはステータスに表示された職業でしかわからないってことだよね。それなら私は聖女じゃない。

「ならやっぱり、私は違うよ。だって職業村人だよ？　本当に私が聖女なら、ケン君たちみたいに最初からそう表示されるはずでしょ」

それだったら城から追い出されることもなかっただろうし。

まぁ、ミュウたちと出会えたから、結果としてよかったんだけどね。

ところがケン君は、納得していない顔で言う。

「でも実際、あんな魔法が使えるんだから、さすがに村人っていうのはおかしいですよ」

「あ、今は冒険者だよ？　登録し直したからね」

《魔獣暴走《スタンピード》》のときに、私の職業の表示はなぜか消えてしまった。

で、試しに冒険者ギルドで再登録してみたら、村人から冒険者に変化した。だから、今はステータスの表記も、ちゃんと冒険者になってるよ。

すると、ケン君がハッとしたように口を開く。

「つまり王城で登録し直せば、ミサキさんが聖女になる可能性も……」

「嫌だからね？」

「……ですよねー」

ぼそりと聞こえたケン君の呟《つぶや》きに、被《かぶ》せるようにして否定した。なんで明らかに面倒そうな職業にならなきゃいけないの。

それに、今回職業が変化したのは、なんでか消えていたからだろうし……最初に冒険者登録したときは村人のままだったから、ケン君が言うみたいにそううまくはいかない……はず。

そもそも、使えないからって、王様が王城から追い出したクセに。いまさら聖女なんて言われても、私は絶対になりたくない。この世界で自由気ままに生きるって決めたんだから。

ケン君は残念そうにため息をついたあと、マルコに向き直る。

「わかったかマルコ。ミサキさんは冒険者、聖女じゃない」

「はい。ミサキさんは冒険者、ですね」

「おう」

ケン君とマルコが、わざわざ声に出して確認した。そこまでしなくても、わかってくれるならそれでいいんだけど……まぁ、いっか。

なんだかすごく脱線したような気がするし、そろそろ本題に移りたい。

「ねぇ、そもそもなんで私、今日呼ばれたの？」

「？　……あっそうでした。ちょっと待っててください」

ケン君も忘れていたのか、私の質問に一瞬不思議そうな顔をしたあと、慌《あわ》てて廊下にいるメイドさんに声をかけた。

「今から、王様が来ます」

ケン君がそう言った瞬間、なぜかマルコが跪《ひざまず》こうとする。

「あ、公式の場じゃないから、普通にしてて大丈夫らしいぞ」

「……わかりました」

ケン君の言葉を聞き、マルコは立ち上がった。急になんだったんだろう？

しばらくして、廊下が騒《さわ》がしくなる。すると部屋の扉が開いて、王様が入ってきた。

その後ろには、侍従らしい人がなにかを持ってついてきている。こんなにすぐに来るなんて、王様って意外と暇……ってわけじゃないよね。

王様が来た瞬間、マルコが深いお辞儀をした。

「待たせたな。……よい、楽にせよ」

「は……」

王様に言われて、マルコはすぐに顔を上げた。私とケン君はそのまま立ってたけど……なにも言われないから、いっか。

そして王様は私たちの正面に座り……私に向かって一瞬微妙な顔をした。まだ、私を王城に戻すことを諦《あきら》めていないのか、ドレスを着てこなかったからか……まぁ、どっちもお断りだけど。

「よく来てくれたな、ミサキよ」

「……」

挨拶《あいさつ》されたけど、今声を出すと聖女って噂されたことのせいでキツイ口調になっちゃいそうだから、お辞儀《じぎ》だけしておく。私が無言なのを気にした様子もなく、王様はマルコを見た。

「久しいな。トルート伯は壮健《そうけん》か？」

「はい。父は、近々ご挨拶《あいさつ》に伺《うかが》う、と申しておりました」

「そうか、楽しみだ」

……ちょっと待って、マルコってもしかして貴族だった？　それも、結構王様と親しい感じがする。

どうしよう。私、敬語とか使ってないけど。ケン君が普通に話してたから、てっきり平民の冒険者かとばかり……っていうか、貴族でも冒険者になる人っているんだね。

と、隣に座っていたケン君が、そっと私に耳打ちする。

「マルコは普段、貴族なのを隠して生活してるんで、普通に接して大丈夫ですよ」

……私がマルコへの態度で迷ってたのがバレたらしい。でもまぁ、そういうことなら、私も普通に話して大丈夫かな。

挨拶《あいさつ》が一通り済んだ途端、王様が表情を変えた。同時に、侍従さんが持っていた紙を広げる。

「さて、今日そなたたちを呼んだのは、他でもない。勇者について話があるからだ」

その辺は、手紙に書いてあったから知ってる。その内容は全くわからないんだけども。

「ケンはもう知っているが、勇者には聖なる武具を扱う力がある。最近は魔獣の出現が減っているようだが、いつ先日のものよりも強い魔人が現れるかわからない。そこで、それに備《そな》えて、ケンにはこの国を守るため、聖なる武具を手に入れてもらわねばならない」

突然、王様がそう言った。

「聖なる武具?」

いきなりなんのこと？　って思ってたら、ケン君が広げられた紙を指して続ける。

「これを見てください。ミサキさんなら多分、読めると思います」

「うん？」

私なら読める？　どういうこと？

その紙に書いてあったのは、ところどころ掠《かす》れて読みにくくなった文章と、なにかを模《も》したらしい絵だった。ピラミッドの壁画《へきが》っぽい感じの絵柄ではっきりとはわからないけど……これは巨大なカメかな？　すぐ傍《そば》には、武器を持った人のような姿が小さく描いてある。文章のほうは確かに読めるけど……これがどうかしたの？

私が首を傾げていると、ケン君が答えてくれる。

「これ、古い文字で書いてあるらしくて、王様もマルコも読めないらしいですよ」

「え？　って、そっか……〈言語共通化〉」

「そうです。だから俺やミサキさんなら読めます」

なるほどね。日本人だけど私たちにはこの世界の言語がわかる。〈言語共通化〉っていうスキルのおかげらしく、話すのはもちろん、読み書きも完璧《かんぺき》にできる。でも……まさか古い文字も読めるなんて。

「ちょっと読んでみてください」

「あ、うん」

ケン君に促《うなが》されて、文章をじっと見つめる。

……掠《かす》れてる部分は読めないけど、なんとかいけるかな？


『聖剣の在《あ》り処《か》をここに記《しる》す。

白き霊峰《れいほう》の……に……はある。……に力を示したとき、聖剣への道は……れる。

心せよ。……な力では進めない。力ある勇者のみ、通ること……ろう。

封印を解く……は、……だ』

読める部分はこんな感じ。

王様が言っていた聖なる武具っていうのは、多分この『聖剣』のこと。

それが『白き霊峰《れいほう》』とやらのどこかにあって、『……に力を示したとき』に、手に入れられるってことかな？

というか、割と重要そうな部分がわからないんだけど。最後の一文は特に、封印がどうのって書いてあるし、読めないと困るのに。

私が声に出して読んだので、マルコもなにが書いてあったのか理解したらしい。「ふむ……」と考え込むような仕草《しぐさ》をした。

「これを、僕たちに見せたということは、もしや……」

そうマルコが漏《も》らすと、突然ケン君が私のほうに向き直って、ガバッと頭を下げた。

え？　なに？　いきなりどうしたの？

「単刀直入《たんとうちょくにゅう》に言います！　ミサキさん、聖剣を取りに行くの、手伝ってください！」

「……は？」

「やはり、そうなりますか」

ちょっと待って、マルコはなにかを察したみたいだけど、私がわかってないから一回整理しよう。

まず、私がここに呼ばれたのは、ケン君の今後について話すため。

そして見せられたのは、古い文字が書かれたボロボロの紙。

内容は、勇者にしか扱えないという武器、聖剣の在《あ》り処《か》。

そしてケン君の、今のお願い……うそでしょ。

ようやくどういうことかわかって絶句する私に、ケン君がもう一度頭を下げる。

「お願いします！」

「……私、関係ないんじゃ……」

「うっ⁉」

呆然《ぼうぜん》としながら、どうにか声を絞《しぼ》り出すと、ケン君が呻《うめ》いてがっくりと項垂《うなだ》れた。

ケン君の必死のお願いだけど……聖剣を取りに行くのに、私いらなくない？

だってこの紙を見ると、聖剣を手に入れられるのは、『力ある勇者』だけ。勇者じゃない私がいたところで、なにかできるとは思えないんだけど。

と、私たちのやりとりを聞いていたマルコが、ケン君の肩に手を置く。その目はさっきまでの大人っぽさを感じさせず、少年のように輝いていた。

「僕は興味があるので、ぜひ」

「ああ、ありがとう。だけど……」

グッ！　と拳《こぶし》を握るマルコに笑いかけてから、ケン君はちら、と私を見た。

マルコはそれで察したようで、ケン君に問いかける。

「ミサキさんの力が必要なのでしょうか？」

「そうなんだよ……」

ケン君は、しょんぼりとした表情で答えた。

私の力が必要ってどういうこと？　この紙のどこにも、勇者以外が必要だなんて書いてないけど。なにか見落としたかな。

私がいまいち理解してないのがわかったのか、ケン君が頭を掻《か》きながら説明してくれる。

「ミサキさん、回復魔法と結界使えるじゃないですか」

「使えるね」

「ここから霊峰《れいほう》まで行くのに、その二つは必須なんですよ」

霊峰《れいほう》まで行くのに、私の魔法が必須？　回復魔法と結界が必要になる場所があるってこと？

と、首を傾げる私を見て、マルコが頷いた。そして控《ひか》えていた侍従さんに頼んで、もう一枚なにかの紙を持ってきてもらう。

「ミサキさん、これを見てください」

マルコに言われて、私はその紙を覗《のぞ》き込む。

「うん？　これ、地図？」

侍従さんが持ってきた紙は、細かく地名が書かれた地図だった。それも、ものすごく広範囲の。

「白き霊峰《れいほう》というのは、間違いなくここのことでしょう」

マルコが指したのは、地図の真ん中辺《あた》りにある山の絵。雲を突き抜けて描かれて、近くに『プレシオス』と記されている。これが、霊峰《れいほう》？

マルコはスッと指を移動させる。そして次に指したのは、地図の左……方角的には西の、端っこにある場所。

「そしてここが、今僕たちがいる、サーナリア王国の王都です」

「うわ、遠い……」

この世界に来てから今まで、世界地図なんて一度も見たことがなかった。だからサーナリア王国がどこにあるのかもわからなかったし、霊峰《れいほう》っていうのも、今日初めて聞いた。

この地図の縮尺はわからないけど、それでも王都から霊峰《れいほう》までかなりの距離があるのは間違いない。

私が呆然《ぼうぜん》としていると、マルコが口を開いた。

「ケンが言いたいのはおそらく、ここに行くまでの道中、ミサキさんの力を貸してほしい……ということではないでしょうか」

「そう！　それだ！　さすがマルコ！」

マルコの言葉に、ケン君が手を打って同意する。やっと私も、ケン君の言いたいことがわかってきた。

「つまり、道中の安全を確保するために、ケンはミサキさんを連れていきたいんですね？」

マルコがそうまとめると、ケン君は勢いよく頷く。

「そうです、その通りです」

なるほどね……どうやって霊峰《れいほう》まで行くのかはわからないけど、航空機なんてモノが存在しないこの世界では、移動は当然陸路になる。だけど地図上では、霊峰《れいほう》まではとんでもなく遠い。

そこでケン君は私に、その道中で誰かが疲れたときの回復とか、危険が迫《せま》ったときに結界を張ったりとか、そういうのを任せようとしてるってことだよね。

「ちゃんと説明してくれればいいのに……」

「う……すみません」

「まぁ、言いたいことはわかったよ」

……わかったけど、これは私一人で決められることじゃない。

ケン君に協力して霊峰《れいほう》まで行くとなると、どう考えてもとんでもない時間がかかる。

私はパーティーを組んでるから、もしケン君が私だけを必要としてるんだったら、長期間パーティーから外れることになってしまう。

「ミュウたちにも聞かないと、返事はできないかな」

「あ、そうか、そうですよね」

ケン君は頭を掻《か》いてなにかを考えたあと、ポンと手を打った。

「なら、早速《さっそく》聞きに行きませんか？」

「え？　王様の話はいいの？」

すっかり蚊帳《かや》の外になっていたけど、王様もなにか話があるんじゃないの？

って思ったら、ケン君が笑って首を横に振った。

「さっきの紙、アレ一応国宝扱いなんで、王様の許可がないと見れなかったんですよ。で、用事っていうのもそれくらいだったんで……」

「あぁ、そう……」

ぶっちゃけ、王様がここにいる意味はなかったんじゃ……っていう言葉は、なんとか呑み込んだ。さすがにそんなこと言ったら、不敬罪だ！　ってなりそうだし。

と、それまで黙っていた王様が、ゆっくりと立ち上がる。

「フム……ケンよ、進展があれば、また報告せよ」

「了解です」

「では……あとは任せたぞ」

そう言って、部屋から出ていった。……え？　本当に用事ってアレだけだったの？

なんだか拍子抜けだよ。

マルコも「父に報告があります」って言って、先に帰っていった。貴族だから、なにか家の決まりみたいなことがあるのかも。まぁ、それは今はいいや……帰っていいのなら、私も早く帰ろう。

今日はミュウたちは宿にいるだろうし、ケン君と話すのも、宿の食堂でできるよね。

というわけで、ケン君を連れて皆で泊まっている宿へ向かう。

その途中で、不意にケンくんが、「あ」と声を上げた。

「そういえばミサキさんの回復魔法って、どれくらい大きな傷まで治せるんですか？」

「へ？　さぁ……」

唐突に聞かれて、私はすぐに答えられなかった。だって、それをちゃんと確かめたことはないし。

と思ってたら、ケンくんが不思議そうな顔を私に向ける。

「さぁ……って、確かめてないんですか？」

「や、だって大怪我《おおけが》する人なんていなかったもん。《魔獣暴走《スタンピード》》のときは、誰がどんな怪我《けが》してたのかまでわからないし……」

確かめる方法なんて、それこそ大怪我《おおけが》をした人に魔法をかけるくらいしか思いつかない。

どしないし。

だけどそんな場面に遭遇したことはないし、私のパーティーメンバーは怪我《けが》をほとんどしないし。

だからわからない……って答えたんだけど、ケンくんはますます不思議そうな顔になる。……なにかおかしなこと言ったかな？

「あれ？　ステータスで確認できますよね？」

「……え？」

「え？」

ケン君が首を傾げながら放った言葉に、思わず歩みを止める。いや、体が勝手に固まった。

そしてそんな私を見て、ケンくんも動きを止めた。

「……ステータスで、確認できる……？」

数秒固まったあと、どうにかそれだけを絞《しぼ》り出した私に、ケンくんが驚いた表情のまま答える。

「知らなかったんですね……ステータスの魔法の部分に集中すると、どんな使い方ができるのかとか、わかるんですよ。まぁ、攻撃魔法は文字だけ見てもわかりにくいので、実戦前に試すのがいいですけど。ただ、効果を知るだけなら、それで十分ですよ。てっきり、もう知ってるのかと」

「……ごめん、初耳……」

「マジすか……」

うん、本当に初めて知ったよ。

そりゃ、ステータスの情報量が少ないなぁ……とは感じてた。けどまさか、そんな機能があったなんて……あれ？

スキルの説明の見方とほとんど同じじゃない？　ってことは、私の確認不足？

もっとちゃんと確かめとけばよかった……いまさらだけどね。

「ま、まぁそういうことなんで、今度よかったら、効果とか教えてください」

「うん……ありがとう」

「いやいや、大したことじゃないっすよ！」

私がお礼を言うと、ケンくんがなぜか慌《あわ》ててリーズさん……独特な口調の先輩冒険者みたいな語尾で答えた。

……そんなことよりも、あとでちゃんと確かめないとなぁ、私の魔法の効果。

たくさんあるから覚えるの大変そうだけど、いざというときに「よくわかりません」じゃ困るもんね。なんて考えてるうちに、私とケンくんは宿に着いた。

幸い、パーティーメンバーは全員、部屋で過ごしていた。なので早速《さっそく》、王城であったことをケン君の説明と併《あわ》せて話す。

「ええと、この件にはミサキさんの協力が必要です。最初はミサキさんだけにお願いしようと思ってたんですけど……皆さんが手伝ってくれるなら、めちゃくちゃ助かります。ただ、報酬《ほうしゅう》はほとんど払えないんですが……」

「……ってことらしいんだけど、皆は」

「「「行く！」」」

「どう……って、えっ⁉」

私が言い終わる前に、目をキラキラさせたミュウたちは身を乗り出して答えた。まさかの快諾《かいだく》だった。

「マジですか」

説明中は心配そうにしていたケン君も、皆の快諾《かいだく》っぷりに、ポカンとしている。

「だって伝説の剣なんでしょー？　すっごい気になるじゃーん」

ウルルは聖剣が気になってるっぽい。

「ん、それに、霊峰《れいほう》も、気になる」

「わたしも霊峰《れいほう》に行ってみたくって……」

クルルとミュウは聖剣よりも、霊峰《れいほう》そのものに興味があるみたいだね。

まぁそれはいいとして、皆旅は嫌じゃないらしい。

ちょっと意外だったよ。ウルルはともかく、ミュウはもう少し悩むかと思ってたんだけど。やっぱり、冒険者はこういうのに心惹《ひ》かれるのかも。

なにはともあれ、皆が行くって言うなら、ケン君のお願いを断る理由はない。

「じゃあ、私も行くよ」

「！　あ、ありがとうございます！」

私が言うと、ケン君は一気にテンションを上げた。また子犬モードになってるんだけど……激しく揺《ゆ》れる尻尾《しっぽ》が見えた気がする。

「じゃ、失礼します！　決まったら連絡しますねー！」

皆の参加が決まったってことを、ケン君は王城に戻って報告するらしい。ブンブンと手を振りながら、ものすごい速度で走っていった。ちゃんと前見ないと、誰かにぶつかるよ？

「楽しみだねー」

「ん、準備、しないと」

コートン姉妹は、既《すで》に旅へと想いを馳《は》せているみたい。

ミュウもなにかをブツブツ呟《つぶや》きながら、必要なモノを紙に書いてる。……そんなに早く、連絡来るのかな。

まぁ、準備しておいて損はないだろうけども。私も荷物の確認とか、しようかな。

第二章　出発準備

ところが、あれから数日経っても、ケン君から連絡はない……ということで依頼を受けることにした。

今日、私たちはいつもの森に、薬草採集に来ている。

武具を新調したんだから、戦いたいのに……ってウルルはぼやいてたけど、魔獣の討《とう》伐《ばつ》系の依頼がなかったんだから仕方ない。朝少し遅れて、依頼争奪戦に間に合わなかったのが原因。まぁでも、薬草集めだって大事だよ。

「あったー？」

「ない。……ん、ウルル、もっと、右」

「ほーい」

ウルルとクルルが、なんか曲芸みたいなことをやっていた。

ウルルの肩にクルルが立って、そのままあちこち歩き回る。

人ひとりを肩にのせて平気な顔してるウルルと、動き回るウルルの上でバランスを保ってるクルル……どっちもすごすぎる。

二人がそんなことをしてなにを探してるのかというと、木の上に生《は》えているキノコだった。乳白色の、平べったい形で木の幹《みき》にめり込むように生《は》えているやつ……なんでも、貴重な薬の材料になるんだとか。依頼された薬草ではないけど、「持ってて損はない！」ってクルルに力説されて、本格的に探すことになった。

ちなみに私は、ウルルとクルルの荷物番。少しは覚えたとはいえ、まだ薬草を完璧《かんぺき》に見分けられないから……一応、ミュウが探してくれた薬草を種類ごとに袋にまとめる仕事をしている。

「んー……あ、あった」

早速《さっそく》、ミュウが私のところに薬草を持ってきた。

「どの種類？」

「ちょっと待ってね。〈鑑定〉……ウォード草だよ」

ミュウが〈鑑定〉のスキルを使って教えてくれる。えーっと、ウォード草ウォード草……これか。

依頼された薬草の名前をそれぞれ書いた袋を用意したおかげで、見分けがつかなくてもなんとかなってる。

ウォード草は、主《おも》に止血剤《しけつざい》の材料になる薬草……だっけ？　見た目はそこらに生《は》えてる草と変わらないんだけど、匂いがキツイ。なんていうか、ドクダミっぽい匂いがするんだよね、コレ。ちょっと使いたくないなあ。まぁ、私には魔法があるから、多分使わなくて済みそうかな。

しばらくすると、ウルルとクルルがキノコ集めを終えて戻ってきた。

「おわったー！」

「ん、大量……やった」

どうやらたくさん採《と》れたらしい。クルルがホクホクした笑顔を見せる。

ミュウのほうを見ると、結構な量の薬草が集まっていた。

「ミュウ、そろそろいいんじゃない？」

「んー……うん、そうだね」

集めた薬草は、私が両手で抱えられるくらいの麻袋《あさぶくろ》七つ分。キノコを入れればもっと多い。私はほとんどなにもしてないけど、かなり集めたんじゃないかな。

で、街へ帰ろうとしたら、森を抜けた辺《あた》りで急にウルルが立ち止まった。

そして私に、ビシッ！　と拳《こぶし》を向ける。えっ、なに？　ものすごくいい笑顔なのが、逆になんだか不安なんだけど。

「ミサキー、勝負しよー！」

「……うん？」

ウルルがにこやかに宣言した。

ちょっと待って、なんでそうなった……一体なにを思いついたんだろう……

「「え？」」

ミュウとクルルも、ウルルの行動は予想外だったらしくてフリーズしている。

そんな私たちにはお構いなしに、ウルルはニコニコしながら続ける。

「ミサキー、言ってたじゃん。魔法の使い方がわかったー、って」

確かに、私は自分の魔法のことを詳しく知ることができた。ケン君が言っていた通り、それぞれの魔法にどんな効果があってどう使えるのか、ステータスに全部書いてあったから。

後悔先に立たず、なんていうけど……なんでもっと早く気がつかなかったんだろう。

スキルがわかったときにすぐ気がついていれば、《魔獣暴走《スタンピード》》ももっと楽に攻略できたはずなのに。

……まぁそれは置いといて、とりあえずウルルに答える。

「まぁ確かに？」

「だから勝負したいんだー」

「なんで⁉」

今の流れでなんでそうなるの⁉　ミサキの魔法が見たくなってさー」

「んーとね、簡単に言うとー、ミサキの魔法が見たくなってさー」

「それ、勝負の必要ないんじゃ……」

第一、私たちは仲間だから、戦う必要ないし。

「いーやー！　戦ってみたいのー！」

そんな駄々《だだ》っ子《こ》みたいに地団駄踏《じだんだ》まれても……って、ウルルの地団駄《じだんだ》で地面に穴があいた。

え？　私アレと戦うの？　地面って足踏みで抉《えぐ》れるものだっけ？

えっと、こういうヤバいときは、クルルに説得してもらうのが一番かな？　ごねるウルルの対処法も知ってそうだし。

「クルル……なんとかして……」

「ん、私も、見たい。ミサキの、魔法」

「あれぇ⁉」

まさかクルルも、私に戦わせたい派⁉　じゃ、じゃあミュウ……もダメかぁ、目がキラキラしてる。この感じだと、ミュウもウルル派かなぁ。皆が期待に満ちた目で、私を見てる。

……仕方ない、頑張ってみようか。ホントに、なんでこうなったかな……

「……やるからには、全力でいくからね」

「ぃやったぁー！」

私がため息をつきながら返事すると、ウルルは飛び上がって喜んだ。

ただまぁ、全力でやるって言っても、攻撃魔法の【フォトンレイ】は使わないけどね。あんな殺傷力《さっしょうりょく》の高い魔法、友達に向けて撃《う》つようなモノじゃないし。でもそれ以外は、遠慮なく使うよ。ウルル、覚悟はいい？

そしてあっという間に、私とウルルが戦う準備ができた。皆の行動が速すぎてちょっと怖いよ？

私と距離をあけて向かい合うウルルは、屈伸《くっしん》運動で体をほぐしてる。

その傍《かたわ》らには、大金をつぎ込んだウルル自慢のオーダーメイド武器……身の丈ほどもある巨大な戦斧《せんぷ》が突き立っていた。……女の子が使う武器じゃないでしょ、あんなの。

「やったんぞー！」

「私が戦斧《せんぷ》の、最初の獲物《えもの》にならないように頑張るよ……」

ウルルの戦斧《せんぷ》はつい先日出来上がったばかり。アレが完成してからは、一度も魔獣と遭遇していない。戦斧《せんぷ》が出来上がるまで、借りものの槍《やり》でなら、何度か狩りをしたんだけど。

……つまりこれが、戦斧《せんぷ》を使ったウルルの初戦闘。使い方が槍《やり》とは全く違うだろうから、今までの動きは参考にならないかな。

とはいえ、これは決闘とかじゃないから、勝負のルールはいたって簡単。

私は自分にかけた【シールド】が割られたら、ウルルは私の魔法に捕まったら負け。

「お願いね……相棒」

新調した長杖を握り直す。新しい相棒は、先端についた蕾《つぼみ》っぽいデザインが特徴の、白い木製の長杖。コレも完全にオーダーメイドで作ってもらった。結構いい値段したけど、可愛い見た目がお気に入り。

そして形は変わっちゃったけど、これはミュウにもらった前の杖《つえ》の、黄色い石を受け継いでる。前の杖《つえ》の本体は、狩りの途中で折れちゃったんだ。だからせめて、石だけでも使い続けようと思ってね。

「……よし」

フゥ……と息を吐いて意識を集中させると、蕾《つぼみ》の中でちらりと黄色の石が光った。外側にある葉のような装飾《そうしょく》も、まるで生きてるかのようにざわめいた気がする。

「じゃあ……始めっ！」

周囲の音が遠くなる中、ミュウの声だけが、はっきりと聞こえた。

「とぉーっ！」

先に動いたのはウルル。

私との間にあった約二十メートルの距離を、砲弾《ほうだん》のような勢いで詰めてくる。それがちょっとゆっくりに見えるってことは、集中できてるのかな。いわゆるゾーンってやつに入ったのかも。

これなら、一瞬でやられるなんてことはなさそう。さぁ、勝負だよ、ウルル！

「【シールド】！」

「うにゃっ⁉」

ウルルが勢いよく振り下ろした戦斧《せんぷ》は私の前の【シールド】に防がれて、光を散らしながらキィイインッ！　と耳障《みみざわ》りな音を立てて滑《すべ》る。向こう側でウルルが驚いていた。

これは私の魔法のとっておき、その一。

【シールド】は、人から離れたところにも自由に展開できるのがわかったから、自分の体から少し離れたところに斜《なな》めに張って、攻撃を受け流したの。これなら私に衝撃は来ない。続けて拘束《こうそく》用の魔法を放つ。

「【ライトチェイン】！」

「うわちょっ!?　はやっ」

体勢を崩《くず》したウルルなら、避《さ》けられないと思ったけど……そんなことなかった。以前に比べると、魔法の展開が速くなったはずなのに。

「うぉりゃぁー！」

足元から伸びる光の鎖《くさり》を、無理矢理体を回転させて振りきるウルル。【ライトチェイン】は粉々になった。

あんなことができるなんて、やっぱりウルルは普通じゃない……重量のある戦斧《せんぷ》を、片手剣みたいに軽く振り回してる。私が狙っていた、行動のあとの隙《すき》なんてないのかもしれない。

というわけで、私の技をもう一つ見せておこうか。

「行くよ……【シールド】二連！」

私の魔法のとっておき、その二。

一部のものを除《のぞ》いて、私は魔法を連発できる。一種類につき最大五回。

そしてなんと、【シールド】はイメージさえしっかりすれば、形も大きさも自在にできることがわかった。今回はウルルを挟むように、壁をイメージした大きい【シールド】を張る。

「なにこれー!? 初めて見たー!?」

そりゃ、初めて使ったからね。ウルルは盾《たて》に挟まれるのを警戒して、大きく後ろに下がる。

うーん……ついでに、新しく知った魔法を披露《ひろう》しようかな。

「【オーブ】三連!」

「んんー? にょわっ、くっついたぁー!?」

ウルルに向かって、まっすぐ【オーブ】を撃《う》ち出す。

この魔法は、今まで使い方がよくわからなかったけど……今は違う。

【オーブ】は、光の玉を出現させて、対象物にくっつける魔法。

光る玉は一つなら自由に動かせるけど、複数だとこうやって撃《う》ち出すのが精一杯。

まぁ、そのうちの一つがウルルにくっついたから、結果オーライかな。

「変な感じするー! 取れないー!?」

【オーブ】を引き剥《は》がそうと悪戦苦闘《あくせんくとう》したウルルは、しばらくするとがくりと膝《ひざ》を折る。

そして、支えきれなくなったのか、戦斧《せんぷ》が地面に落ちた。

「……!?　なに、これぇー……」

ウルルが急に動けなくなった理由は、もちろん体にくっついた【オーブ】。

実はアレ、くっついた対象の魔力を吸うっていう、かなりえげつない効果を持つ魔法だった。

ステータスで自分の魔法の効果を見たときに判明したんだけど、この世界の人は皆魔力を持ってるらしく、それがなくなると気を失っちゃうんだって。

【オーブ】はその直前……極度《きょくど》の疲労感を覚えるくらいまで、魔力を吸う魔法。使い方次第では、他の魔法も吸い込むことができる強力なやつだった。

「私の勝ち。【ライトチェイン】！」

「ぬわぁー……」

ふらふらしてるウルルを、【ライトチェイン】で捕まえる。力が抜けた状態では、さすがのウルルも抜け出せないっぽい。あっさりと両手を上げて降参した。

これで私の勝ち……ってことで魔法を全部解除する。

それにしても、ウルルに勝てるなんて……チート魔法、恐るべし。私一歩も動いてないんだけど。

「【ヒール】！」

ぐったりしたウルルにかけたのは、これも普通じゃない回復魔法、【ヒール】。怪我《けが》の治療はもちろん、疲労感……魔力まで回復しちゃうデタラメ仕様。

「あー……生き返るー……」

ウルルが気持ちよさそうな声を上げる。

一気に魔力が回復すると体があたたまるそうで、お風呂に浸《つ》かってるような感覚になる、と前にウルルが言っていた。

まぁ、私はこの世界にもお風呂があることに驚いたけどね。泊まっている宿にはシャワーしかないから、お風呂は存在しないんだと思ってた。

回復が終わると、大の字で寝転がっていたウルルが、にへらっと笑いながら起き上がる。

「ぜーんぜん攻撃できなかったなー。ミサキ強いねー」

「……魔法が規格外なだけだと思うよ?」

「それが強いってことだよー。あー、私もまだまだだなー」

ウルルも相当だと思うけど。私の戦闘力なんて皆無に等しいから。

チート級の魔法を大量に持つ私と違って、ウルルは身一つで戦う。私の魔法とは相性が悪かっただけで、ウルル自身も超強いのは間違いない。

すると、観戦していたミュウとクルルが歩いてきた。

「すごいねぇ、二人とも。お疲れさま」

「ん、いい戦闘、だった」

そうかな？　でも、最初の一撃以外、ウルルの攻撃を阻《はば》めたのは嬉しかったな。

そのまま少し談笑してたら、ミュウが「あ」と声を漏《も》らした。

「ミサキ、戦いが始まってから、別人みたいになってたよねぇ」

「え？　そう？」

「うん。んー……なんていうか、冷たい感じに」

「「なってた（ー）」」

……それはいいことなのかな？

うーん、別人のように冷たくなった、ねぇ……そんな自覚はないんだけど。

あぁでも、かなり集中してたから、もしかしたら目つきがキツくなってたのかも。私は決して冷たくなんてない……と思う。

と、今度はクルルが私の袖《そで》を引っ張った。

「そういえば、ミサキ」

「うん？　なに？」

「魔法、連発、した？　【シールド】が、二枚、あった」

「すごいねクルル……連発したの、わかったんだ」

クルル、アレが見えてたんだ。離れたところに壁っぽい感じで出した魔法が【シールド】だっていうのも、一度に二枚出したのもバレてる。クルルが観戦してた位置からだと、私の声は聞こえなかったはずなのに。

「発動が、速すぎる。詠唱《えいしょう》は、一回分？」

「そうだよ。ちょっと工夫するけど」

魔法は、私がイメージしたものをほぼそのまま具現化する。私は普通に詠唱《えいしょう》しただけだと、複数分のイメージにならないみたいで、単発の魔法になっちゃう。だから、詠唱《えいしょう》に何回連発するかを加えてる。そうするとイメージしやすくて、展開も速くなるんだよね。

「んー……そういえば、【オーブ】もいっぱいあったような……」

ミュウが思い出すように言うと、ウルルが眉《まゆ》を顰《ひそ》めた。

「あれきらーい……」

ミュウは、《魔獣暴走《スタンピード》》のときに一度、私が使った【オーブ】を見たことがある。だけど、三連発した【オーブ】は今回初めて見せた。

しかもあのときは、すぐに魔獣を倒しちゃったし、そもそも私が効果を知らなかった。

ウルルにはすっかり嫌われた【オーブ】だけど、便利だから今後も使うよ。うっかり味方に当てないように気をつけなきゃね。

「よし！　そろそろ帰ろっか。ウルル、体は大丈夫？」

「問題なーし！　むしろ元気ー！」

「そっか、よかった」

……よかったけど、一日分の疲れまで回復させちゃった気がする。夜眠れなくなったりしたらごめんね、ウルル。

で、街へ帰ろうと歩き出した途端、ミュウに止められた。

「ミサキ、ローブがちょっと破れてるよ」

「え？　うそ……どこかに引っかけたかな……」

確かにスカートが少し破れてた。森の中を歩き回ってたからなぁ……どこかに引っかけていても不思議じゃない。蜘蛛《くも》糸ローブは丈夫だったから、ちょっと油断してたかも。

「明日、防具店行こうかな……」

「んー、ならいっそ、新しいの買えばいいんじゃないかな？　そのローブ、夏用だよねぇ」

ミュウがそう提案してくれる。

なるほどね。そういえば、皆はもう冬用の装備を新しく買ったんだっけ。まだそれは着けてないけど、もう少し寒くなったら替えるって言ってたなぁ。

……うん、私はこのローブしか持ってないし、冬用の装備を買うのもいいかもしれない。

「確かに……そうしようかな」

そうと決まれば、明日早速《さっそく》行ってみよう。

蜘蛛《くも》糸ローブも、修繕《しゅうぜん》とかできるならお願いしないとね。せっかくのいいモノなんだし。

私は少しわくわくしながら、皆と帰路についたのだった。


ということで、翌日。

やってきました、路地裏にあるいつもの防具店。

……まぁ、一人じゃ相変わらず辿《たど》り着けないから、ミュウに道案内を頼んだけど。

ミュウはお向かいの武器屋を見に行くっていうから、あとで合流することにした。

「ごめんくださーい」

「あいよー！　おや、あのときの」

呼びかけると、威勢のいい声とともに、恰幅《かっぷく》のいいおばちゃんが現れた。

おばちゃんは私が誰なのかすぐにわかったようで、笑みを浮かべる。

「今日はなんだい？　服かい？　それとも防具？」

「防具……ですね。冬用の、できればローブを」

服は、魔人を倒した報酬《ほうしゅう》で買った。普段あまり着ないようなのも、その場のノリで買っちゃったんだよね……って、今はどうでもいいか。

「冬用ねぇ……丁度いいのがあるよ？」

私の注文を聞いたおばちゃんは、少し考えたあとニヤリと笑って、奥の棚《たな》からなにかを引っ張り出した。

「よいしょ……っと。ほら！　これさ！」

「こ、これは……もしかして」

おばちゃんがカウンターの上に置いたのは、一着の白いローブ。

細かい刺繍《ししゅう》で縁取《ふちど》りがしてあって、丈は長めで、ふわっとした裾《すそ》には控《ひか》えめだけどレースがついてる。それにこの手触《てざわ》り……ちょっともこもこしてるけど、間違いない。

おばちゃんは、得意げな顔で言う。

「蜘蛛《くも》糸のローブ、冬仕様さ！　アンタにピッタリのやつだろう？」

やっぱり！　このローブは、今私が使っているものと同じ、蜘蛛《くも》の糸でできてるやつだ。

「はい！　でも、驚きました……」

ちょっともこもこしてたのは、内側に綿《わた》みたいなのが入ってるかららしい。フードやケープの部分も、少し厚手であたたかそう……

ただ気になったのが、なんでこんな私のローブとそっくりのものがあったのか、ってこと。厚さとか模様《もよう》は微妙に違うけど、二つ並べるとそっくりなのがよくわかる。

だけどその謎は、意外とあっさり解《と》けた。

おばちゃんは、私が持っていた夏用のローブを見て、微笑みながら言う。

「なんだい、そっちも持ってきたのかい。このローブはねぇ……元々二つセットだったのさ」

「そうなんですか？」

「そうさ。ま、すっかり忘れてたんだけどねぇ！　あっはっは！」

笑いごとじゃないような……つまり、私が買ったローブは、元々オールシーズンに対応できるように二着あったと。そのうちの片方だけを私が買って、冬仕様のローブだけが、残っていた……ってことね。だったら話は早いんじゃない？

「このローブ、おいくらですか？」

「やっぱり買うんだね？　小金貨二十枚でどうだい」

「買います！」

即決……っていうか、迷う必要ないでしょ。

だって、着慣れたローブとほぼ同じものが手に入るんだもん。もうちょっと高くても絶対買ったと思う。

「毎度！　これもつけとくよ」

「これは……手袋？」

「余った布で作ったミトンだね。あたたかさは保証するよ」

ミトンって、元日本人としては鍋掴《なべつか》みのイメージが強いけど……まぁでも、確かにあったかそうだし、くれるっていうならありがたくいただきます。

「ありがとうございます。……あ、こっちのローブ、破けちゃって……直せますか？」

私が夏用のローブを差し出すと、おばちゃんは破れたところをじっと見つめる。

「任せな！　これくらいならすぐ直せるよ。明日にはできてるから、いつでも取りに来な」

「はい。お願いします」

さて……外で待ってるはずだけど、ミユウはどこにいるかな。

「あ、ミサキ！　こっちこっち」

「おまたせ、ミユウ」

ミユウが手を振って私を呼んだ。なにやら買い物をしてきたらしく、麻袋《あさぶくろ》を抱えている。

ミュウが入ったの、武器屋だよね？　……あの袋の中身、武器なのかな？

ミュウはニコニコしながら話す。

「ミサキはなにか見つけた？」

「うん、蜘蛛《くも》糸ロープの冬仕様。見た目はあんまり変わらないと思うよ」

「そっかぁ……うん！　ローブ、似合ってたもんね」

そう言ってもらえると嬉しいなぁ。まぁでも、このローブ以外を着てるところって、私自身が想像できないんだよね……多分、他のは似合わないから。で、ミュウはなにを買ったんだろう。

「ミュウは？　それなに？」

「ん？　コレ？　これはねぇ……矢じりだよ」

ミュウが袋の口を開けて、中を見せてくれた。

そこには、矢印《やじるし》みたいな形をした金属がいっぱい入ってる。矢じりってことは……このまま使うんじゃなくって、矢の先端にくっつけて使うのかな。……って、あれ？

「ミュウ、弓なんて使うっけ？」

「新しく買ったの。ウルルが武器を戦斧《せんぷ》にしたから、わたしは前衛じゃなくてもいいかなぁって」

「あー……なるほどね」

ミュウは元々剣使いだったけど、弓矢を使うことにしたらしい。

確かに、昨日の戦いを思い出す限り、ウルルがいれば前衛の戦闘力は申し分ない。そこにミュウが入ってしまうと、ウルルの攻撃に巻き込まれちゃうかもしれない。

それを考えての弓矢ね……ミュウは器用だなぁ。なんでも使えるみたいだし。

でも、矢じりだけ買っても、肝心の矢がないんじゃ……って思ったら、そっちはクルルに頼んであるらしい。

〈錬金《れんきん》魔法〉っていうスキルで、特別な矢を作ってくれるんだとか。

ただし金属の加工はできないそうなので、こうして矢じりだけ買ったんだって。

「クルルが矢を……ね。変なのできないといいけど」

「あはは……確認はするよ……」

というか、クルルも魔法が使えるのを知らなかった。衝撃……爆弾を喜々として作るあのクルルが、普通の矢を作るとはどうしても思えない。なにか、とんでもないモノが出来上がるんじゃないか、って気がするよね。

なにせ、クルルには、宿の中で目に染みる赤い粉を振りまいたという前科がある。

あのときは大変だった……目は痛いし、なんだか喉《のど》もイガイガしたし、部屋中真っ赤で大惨事《だいさんじ》だったし。クルルには、部屋で変なモノを作らないように徹底させてる。

まぁ、そんなことより、武器を新調したんだったら使って慣れたほうがいいはず。

「今度、弓使って狩りしてみる？」

「んー……そうだね」

なら、クルルの矢が出来上がったら、その確認も含めて行ってみよう。旅に出る前に、武器や装備を慣らしておくのも大切だよね。

そんな会話をしながら、帰路につく。

だけど、武具を買いに行ったあとはギルドに向かうことが多かったからか、気がついたらギルドの前に立っていた。宿と方向が一緒だとはいえ……びっくり。習慣って怖いね。

「……どうする？　一応寄ってく？」

私が尋ねると、ミュウが苦笑して答える。

「んー……せっかく来ちゃったしねぇ……」

なにかいい依頼とか、偶然の発見があるかもしれないということで、私たちはギルドに寄っていくことにした。さて、なにかあるかな？

って思った瞬間、ギルドの扉が勢いよく開いて、中から人が飛び出してきた。

「うぉわ!?」

「おっト、ごめんヨー。大丈夫かナ？」

「は、はい……大丈夫です」

避《よ》けきれずにぶつかってしまったのは、少し不思議な発音で喋《しゃべ》る女性だった。

健康的な褐色《かっしょく》の肌で、顔に赤い模様《もよう》が描かれてる。真っ白な髪の毛には魔獣の牙《きば》を使ったらしい飾りがついていて、なんとなく異国情緒《じょうちょ》溢《あふ》れる人。いや、私も異世界人なんだけど。

「ごめんネ、ちょっト急いでるかラ……じゃあネー！」

その人はなにか用事があったのか、慌《あわ》てて走り去っていった。嵐のような出来事だったなぁ……

すると、ミュウが不思議そうな顔をして私を見た。

「んー……ミサキ、今の人が喋《しゃべ》ってたこと、わかったの？」

「うん？　どういうこと？」

「えっとね、多分南のほうの訛《なま》りがあって、わたしにはよくわからなかったの」

あー……そういうことかぁ。

それは多分、いや間違いなく〈言語共通化〉スキルのおかげ。初めて聞くはずの方言でも関係なく、勝手に訳してくれてるみたいだからね。それでも聞き取りにくい発音だったんだから、ミュウがわからなくても仕方ないと思う。南の訛《なま》りってわかるだけですごいよ。

そして、私たちはギルドに入る。……うん？　なんか今日人多いね。

「今日、なにかあったっけ？」

「んー……特になにもなかったような……」

私が聞くと、ミュウも首を傾げていた。

冒険者たちが帰ってくるにはまだ早いし、《魔獣暴走《スタンピード》》みたいな魔獣の異常発生の情報もない。

しかも、ここにいる人の大半が、冒険者には見えないんだよね。着ている服というか、立ち居振る舞いというか……とにかくなにかが違う。

「あ、ミサキ。あれ……」

「うん？　あ、ケン君」

そのとき、ミュウが人混みの先にケン君を見つけた。この集団がなんなのか知ってるかもしれないし、ちょっと聞いてみよっか。

ガヤガヤと騒《さわ》がしいロビーを抜けて、ラウンジのほうに行く。こっちは人が少ない……なんでだろう？

「!?　ミサキさん！」

「こんにちは、ケン君」

いきなり現れた私に驚いたのか、ケン君がガタッと音を立てて椅子から立ち上がった。

さっき見えたのはケン君だけだったけど、ここにはマルコと、他に男性と女性が一人ずついた。

マルコが、私たちの分の椅子を持ってきてくれる。ホント、気が利《き》く。マルコと初対面のミュウは恐縮しきりだけど。

「丁度いいところに。呼びに行こうかと思っていたんですよ」

ケン君は、私たちになにか用があるみたい。

「ウルルとクルルも呼ぶ？」

私が聞くと、マルコは首を横に振った。

「わざわざ来てもらうのは大変でしょう。ミサキさんたちから、あとで伝えてもらえませんか？」

「そっか……うん、いいよ」

私たちに用があるってことは、旅関連だろうけど……私とミュウだけでいいのかな。

まぁ、ここでなにかが決まったらミュウが大体覚えててくれるだろうし、いっか。

ごめんねミュウ、私こういうの苦手なんだ。

ケン君は私たちが席に着いたのを見て、隣に座っていた男女を紹介してくれた。

「ミサキさん、ミュウさん、この人はナザリ・エストーラさんです」

「よろしく」

「そしてこの人が、セシル・エストーラさんです」

「よろしく頼むよ」

ナザリさんは、長い茶色の髪を後ろで縛《しば》って、右目にモノクルをかけた男性。長身で少し痩《や》せてて、ニコニコと優しそうな笑みを浮かべてる。

セシルさんは、短めの銀髪に青い目をした綺麗な女性。きりっとした切れ長の目は、この人の強さを表してるみたいでカッコいい。

ファミリーネームが同じってことはこの二人は夫婦かな。兄妹《きょうだい》……には見えないし。

「この人たちは、ミサキさんとミュウさんです」

「「よろしくお願いします」」

ケン君はそのまま、ナザリさんたちに私たちを紹介してくれた。それから、マルコを見る。

「マルコは、ミュウさんと初めて会ったよな？」

「ええ。よろしくお願いします」

「よ、よろしくお願いします！」

ついでにマルコとミュウは自己紹介をする。どうやらマルコは、自分が貴族だってことを言わないつもりらしい。本当に隠してるんだね……私は知ってしまったから、なんだか申し訳ないような気分になる。

まぁでも、ただでさえ緊張してるミュウに、マルコが貴族だ……なんて伝えたら大変なことになるよね。

うーん、どうせならウルルとクルルも会わせたいところだけど、仕方ないか。マルコには機会を見て紹介することにしよう。

すると、ナザリさんがスッと手を挙げた。なんか、私たちのほうをじっと見てる。

「君たち二人は、冒険者かい？」

ナザリさんがそう聞く意図がわからなくて、私は首を傾げながら答えた。

「はい」

「すごいなぁ……そうか、冒険者かぁ……」

うん？　どういうこと？　ナザリさんって冒険者じゃないの？

ナザリさんは「ほー」とか「へー」とかって言いながら、じっと私たちを観察してる。

その視線に耐《た》えかねたのか、ミュウが私の背中に隠れようとする。隠れきれてないよ……ミュウ。

「その辺でやめな、バカ旦那」

すると、はぁ……とため息をついたセシルさんが、ナザリさんの頭をひっぱたいた。

「あいたっ!?」

スパンッ！　っていい音がしたね……それに、やっぱり二人は夫婦だったみたい。

「悪いねアンタたち」

「いえ……」

ナザリさんを容赦《ようしゃ》なく沈めたセシルさんは、何事もなかったかのように席に着いた。

いや……気にしちゃいけない。それよりも、さっき気になったことを聞こう……そうしよう。

「あの、ナザリさんって冒険者じゃないんですか？」

「ああ、冒険者なのはアタシさ」

「僕は商人だよ……マーキン商会にお世話になってるんだ。妻は護衛をしてくれている」

ナザリさんは商人なのか……確かに、冒険者っぽくはないけど。私も冒険者っぽい見た目をしてるわけじゃないから、人のこと言えないけどね。

そして強そうなセシルさんは、私たちと同じ冒険者だった。

マルコはナザリさんとセシルさんのやりとりを見て苦笑いしたあと、私たちに言う。

「マーキン商会は、今回僕たちが同行するキャラバンです」

「同行？」

「ええ、護衛をする代わりに、目的地への途中までキャラバンに連れていってもらいます」

なるほど……私たちだけで旅をするんじゃなくって、ナザリさんがいるキャラバンに参加するらしい。

でも護衛っていっても、私たち四人はやったことないし、ケン君とマルコもやったことなさそうだし、少し不安……って思ったら、マルコの説明にケン君が補足してくれた。

「セシルさんのパーティーメンバーが二人いるそうで、その人たちも一緒に依頼を受けます。セシルさんたちは普段からマーキン商会を護衛しているそうです。俺たちの仕事は主《おも》にそのサポートですね」

なるほど、それなら私たちでもなんとかなりそうかな。けれど、セシルさんは肩をすくめる。

「ま、パーティーって言っても実質アタシとルーカの二人だけどね」

「アイリがいるじゃないか……」

ナザリさんはそう言うけれど、セシルさんは首を横に振った。

「無茶言うんじゃないよ。まだ無理さ」

ナザリさんとセシルさんの話に、名前が色々出てきた。

えっと、ルーカとアイリっていうのがセシルさんのパーティーの人たちの名前かな？

なんだか複雑みたいだけど。

話題が脱線し始めたところで、ケン君が軽く頭を下げながら言う。

「あー、えーっと……まぁそういうことなんで、ミサキさんたちもよろしくお願いします」

「や、どういうこと？」

待って、これじゃよくわからないままだよケン君……情報が足りないんだけど。

いつ出発なのかとか、どこに集合なのかとか……肝心のところが全然わからない。

マルコも同じことを思ったのか、ため息をついて言う。

「ケン、それでは説明不足です。一週間後の明け方、東門に集合してください。開門と同時に出発します。多数の馬車がありますが、僕かセシルさんのいるところに来てください」

「なるほど……ミュウ、覚えた？」

「うん、大丈夫」

よし……ミュウが覚えてくれてれば大丈夫。東門には行ったことがないし、道のわかるミュウに頼ることにする。負担はかけるけど……よろしくね、ミュウ。

ところですっかり忘れてたけど、このギルドの賑《にぎ》わいはなんだろう。

「ねぇ、ケン君。なんでこんなに人がいるの？」

「あぁ……あれ、商人たちですよ」

ケン君が即答した。けど、商人？　なんで冒険者ギルドなんかに？

「この時期は、どの街も冬支度《ふゆじたく》を始めます。そのため商機を逃《のが》さないよう、商人はキャラバンや行商で各街に向かうのですが……道中で魔獣や盗賊に襲《おそ》われることが珍しくないのです。そこで、護衛の冒険者は必須になります。なので、いい冒険者を取り合って、商人やその使いがギルドに押し寄せるんです」

「なるほど……」

マルコの説明を聞いて、私は頷いた。キャラバンってことは、商人が隊を組んで街から街へ移動するってことだよね。

そのための護衛目的かぁ……納得。自分の命を預けるんだもん、そりゃ、必死になるわけだね。そして、マルコは人さし指を口に当て、こそっと付け加えた。

「僕たちはもう、同行するキャラバンが決まっていますが、色々と条件をつけたスカウトがあるかもしれません。女性の場合、スカウトを装った連中に狙われる可能性もあります。注意してください」

「「うん」」

私とミュウは、声を揃《そろ》えて首を縦に振る。

スカウトっていうのは、「いい報酬《ほうしゅう》を払うから」とか、「信用できるから」みたいなことを言って、強引に冒険者を雇おうとする商人のことらしい。

そして女性の冒険者は、そういう商人の他にもよからぬことを考える人にも注意しなきゃならない。うっかり騙《だま》されないようにしなきゃね。

それから細かい打ち合わせも済ませて、今日は解散になった。あとは出発までに、しっかり準備を終わらせること、だって。一回旅に出たら、簡単には戻ってこられないから。

「じゃ、よろしく頼むよ」

「はい」

にこやかに差し出されたセシルさんの手を、私はしっかりと握った。

そしてセシルさんたちと別れて、私たちは帰る。ちょっとした寄り道のつもりが、がっつり打ち合わせになっちゃった。まぁ、早く済んだ分にはいっか。

聖剣探しまで、あと一週間か……私は王都から離れたことがないから、少し不安。

あ、そういえば、ミュウは王都の出身じゃないって言ってたっけ。それなら王都を離れるのは抵抗ないかもしれないけど、長い間ご両親と別々に暮らして、寂しくないのかな？

「ミュウ、全然実家に帰ってないけど、大丈夫なの？　ご両親は心配してない？　今回の旅は、危険もあるし」

「んー……旅に出る前に一度行こうかと思ったけど……今から帰っても間に合わないし、お手紙でいいかなぁって」

「そう？」

ミュウの地元はサーナリア王国の北の辺境にある街で、ノスタって名前らしい。

そこは王都から直通の道がないらしく、途中の街や村を経由して行って戻ってくるだけで、一週間はかかっちゃうんだとか。

確かにそれだと、今から行ったんじゃ間に合わない。だからミュウは手紙をもう送ったって。……さすがミュウ。

ウルルとクルルは王都出身だから、一回帰らせようかな。

私の泊まってる宿から帰らないのも、ただめんどくさいって理由らしいからね。

勝手に家から持ち出したものもあるっぽいし、なにも伝えずに王都を出るのはどうかと思う。きっちりお話ししてきてもらおうか。

「ミサキ、なんだか悪い顔してる。なにか思いついたの？」

ミュウが尋ねてくる。目敏《めざと》いなぁ。

「あー……一回ウルルたちを帰らせようかなって。王都に住んでるんだったら、報告くらいしたほうがいいんじゃないかなって」

「んー……うん、そうかも」

ミュウも私と同意見みたい。私は帰れるところに家があるなら、少しでも帰ったほうがいいよって言うつもり。私はもう帰れないけど、皆は違うからね。

なんて、ちょっと寂しくなっちゃったなぁ……らしくない。

もちろん日本のこと、家族のことは絶対忘れない。だけどもう、私はここで生きるって決めたんだ。

だから悲しむのは終わり！　はい笑顔！　……うん、オッケーかな。

……でもちょっと、今日くらいはミュウにくっついて寝ようっと。それくらいは許してね。

第三章　キャラバン

それからあっという間に時間が過ぎ、もう明日は出発日。

今日までの間にウルルとクルルを実家に帰して、私とミュウで出発準備をした。

他にも宿を片づけたり、保存食や野営で使える調理器具の買い出し、私のローブの受け取り……ついでにミュウの弓矢の実戦練習もした。バタバタした一週間だったよ。

そしてついさっき、ウルルたちが戻ってきた。二人がいない間、なにげに寂しかったのは内緒。

ウルルは、お母さんからもらったという新しい髪飾りを、クルルは玄関にあったという魔道具を持ってきた……って、また勝手に取ってきて！

さすがに怒ろうかと思ったら、クルルが魔道具になにかが挟まっているのを見つけた。

「……ん？　紙……？」

クルルは、それをじっと見つめる。ウルルも、紙切れを覗《のぞ》き込んだ。

「どしたのクルルー。あ、お母さんの字だー」

「『どうせ持っていくだろうから伝えておきます。どうか、無事に帰ってきて。母より』」

クルルはそこに書かれた言葉を読み上げ、目を見開く。

「……クルル、それなんの魔道具？」

私が思わず尋ねると、クルルは少し震える声で答えた。

「魔除《まよ》け。小さい、結界が、出る……」

ウルルとクルルのことを想って、わざわざ用意したとしか思えない。

やっぱり心配なんだろうなぁ……親の愛、かな。

クルルもそう感じたのか、顔をくしゃっと歪《ゆが》めてるし、ウルルの顔も、どこか寂しげ。

「帰ってきたら、ちゃんとお礼言わないとね？」

「……ん」

「そーだねー……」

私が言うと、二人は素直に頷いた。結界の魔道具まで用意してもらったんだもん。怪《け》我《が》も病気もなく、無事に帰るまでが旅なのかもね。

回復担当が真っ先に倒れちゃいけないから、私も頑張ろう。

……さてと。今日はギルドに行って、明日からの旅……遠征依頼っていうらしい……の申請をしなくちゃいけない。

　ほとんどの手続きはケン君とマルコに一任したけど、私のパーティーとケン君、マルコが合同のパーティーとしてマーキン商会の依頼を受ける形になるので、最終確認は全員がしなくちゃならないそう。って言っても、名前を書くだけなんだけどね。

　皆でギルドに向かった頃には、ウルルとクルルはすっかり元の調子に戻っていた。私も人のこと言えないけど、切り替え早いね。

「ギルドに行ってサインして、あとは宿を……」

「っ!?　ミサキ危ない！」

　私がこの後の予定を呟《つぶや》きながら歩いていると、突然ミュウが叫んだ。

「え？　……きゃあっ!?」

　ハッとして顔を上げた私に、ゴスッ！　と勢いよくなにかがぶつかる。

　あまりの速さに対応できなくて、したたかに地面に背中をぶつけた私。すごく痛い……滅茶苦茶《めちゃくちゃ》痛い。

「ミサキ！　大丈夫!?」

「いったぁ……うん、なんとか……【ヒール】」

「よかったぁ……」

　転んだ私を、ミュウが助け起こしてくれた。怪我《けが》はしてないみたいだけど、痛いから

【ヒール】を使っておく。回復魔法があってよかったよ……痛みもすぐに消えるからね。

それにしても一体、なにがぶつかってきたんだろう。

結構硬かったような、と思って辺《あた》りを見回すと、さっきまではなかった樽《たる》が転がってた。

「……うん？　まさかコレ？」

「うん。あそこから、樽《たる》が飛んできて……」

そのまさかだった。私にぶつかったという樽《たる》は、ミュウが指す酒場から飛んできたらしい。

……ってこの樽《たる》、中身入ってるじゃん！　すっごく重いんだけど！　こんなのが当たってよく無事だったなぁ、私。

よく耳を澄《す》ますと、酒場の中でケンカでもしてるのか、激しい怒声となにかが割れる音が聞こえてくる。

そのとき、酒場から二人の大柄な男性が出てきた。

どちらも顔は真っ赤で、千鳥足《ちどりあし》。見ただけで相当酔ってるのがわかる。うわぁ……お酒臭い。

「あぁんだおらぁ！」

「あんのかおぅ？」

その男性たちは私たちを見つけると、意味不明なことを叫びながら近寄ってきた。

そのうちの一人には、ものすごく見覚えがあるんだけど……

どう考えても友好的な感じじゃないし、ちょっと手荒だけど拘束《こうそく》させてもらうよ。

「【ライトチェイン】二連！」

この人たちが暴れ出したら目も当てられない。

だから、しっかりと！　がっちり！　光の鎖《くさり》で縛《しば》りあげる。

私、酔っ払いに容赦《ようしゃ》なんてしないもん。決して樽《たる》がぶつかったことに対する腹いせとかじゃないよ。

「んだこぁ……おぉあ!?」

「あにおぉ……なぁっ!?」

突然地面に縫《ぬ》いつけられた男性二人は、光の鎖《くさり》から抜け出そうともがくけど……そんな簡単に破られるわけがない。絡まったら最後、ウルルですら簡単には抜け出せないんだからね。

よし、これで周りへの被害はないかな。

となると、あとは……この人たちを誰かに引き渡そうか。うん、酔ったおじさんの罵《ば》詈雑言《りぞうごん》なんて聞こえない聞こえない。

「ウルル、先にギルドに行って、誰か呼んできてくれない？」

「まーかして！」

「あとクルル、周りの片づけお願い。……樽《たる》とか」

「ん……了解」

一番足が速いウルルに、ギルドへの伝令を頼む。重いものも運べるクルルには、酒場から飛んできたあれこれの片づけを。ミュウには私と一緒に酔っ払いの見張りをお願いする。

ここは酒場だから新しい酔っ払いが現れても不思議じゃないし、さっきみたいになにかが飛んでくるかもしれないからね。もう樽《たる》と衝突事故は嫌だし。

……と、ミュウが拘束《こうそく》された一人の男性を見て、あっと声を漏《も》らす。さすがに気がついたかな。

「……ミサキ、この人って、あのときの……」

「そ。コンドウさん、だっけ？」

「やっぱり？」

そう、私たちの前に転がる男性の片方、体格のいい……というか筋肉ムキムキな感じの人は、私と同じ召喚者で、《魔獣暴走《スタンピード》》以降行方不明《ゆくえふめい》だったコンドウさん。

王城から追い出されたのは知っていたけど、今まで一体どこにいたのか……噂もなにも、全く聞かなかったから。

「聞きたいことは色々あるけど。この状態じゃ無理かな」

私が言うと、ミュウも頷く。

「んー……かなり酔ってるもんねぇ……」

コンドウさんはいまだに叫び続けていて、会話できる状態じゃない。

かといって酔いが醒《さ》めるまで待つつもりもないけど。さて、どうしたものかな。

「……酔い醒《ざ》まし、あるよ」

「うぉわ!?」

ぬっ……と、クルルが私の背後から現れた。樽《たる》はもう片づけ終えたらしい。

「いる？」

クルルはそう聞いてくれるけど、私は首を横に振った。

「もう少し待って。ウルルが戻ってきたらお願い」

「ん」

今この人たちの酔いを醒《さ》ましちゃうと、ウルルが連れてくる人への説明が面倒になる。

実際に現状を見てもらったほうが早いから、しばらくはこのまま放っておこう。

ちなみに、クルルの酔い醒《ざ》ましは、ありえないくらい苦い緑色の液体。小瓶《こびん》一つ……いや一滴《いってき》で、爆睡していたウルルが飛び起きるほど強力。私もちょっと舐《な》めたことあるけど、もう二度とやらないって決めた。確かにあれなら酔いも醒《さ》めるよね。

「あ、戻ってきたよ」

ミュウがギルドのほうを指す。見ると、ウルルが何人か引き連れて戻ってきてた。

……って、なぜケン君までそこに。それにアレは、ギルドマスターのバージェスさん？　それと見たことのある職員さんが何人か。

「とうちゃーく！」

「は、速いなウルル君……」

すたたたーっと駆けてきたウルルは、息一つ乱してない。

だけどケン君やバージェスさんたちは、肩で息をするほど消耗《しょうもう》してた。

これはケン君たちの体力がないんじゃなくて、ウルルがおかしいだけだけど。

ケン君たちの息が整うのを待って、さっき起きたことを説明する。あとで、私もコンドウさんに聞きたいことがある旨も伝えた。

「うむ！　大体わかった！　ご苦労だったな！」

バージェスさんは大きく頷いてくれた。コンドウさんじゃないほうの人は、最近地方から王都に戻ってきた冒険者なんだそう。これから冒険者ギルドで拘束《こうそく》して、今職員さんがやってる聞き込みの内容と併《あわ》せて処分するらしい。

「樽《たる》が飛んできたって……ミサキさん、大丈夫なんですか？」

「うん、もう平気」

ケン君は私の心配をしてくれたけど、魔法でちゃんと治療してるから大丈夫。ちょっと服は汚れちゃったけどね。

……さて、コンドウさんの酔いを醒《さ》ましますか。

もしかしたらアルコールにも効くかも？　って思って【ヒール】と、毒消しの効果がある【キュア】を試してみたけど……これは全く効果がなかった。

なのでここは、クルル印《じるし》の酔い醒《ざ》ましを使おう。暴れると困るから、【ライトチェイン】をかけ直すのも忘れない。

「さ、クルル。やっちゃって」

「ん……えい」

【ライトチェイン】と、ギルドの職員さん数人に掴《つか》まれたコンドウさんの口に、クルルが小瓶《こびん》を突っ込んだ。

その瞬間、コンドウさんがカッ！　と目を見開く。

「ぐ……うぉおおお!?」

コンドウさんの真っ赤だった顔が、どんどん青くなっていく。

「うわー……」

ウルルはそれを見て、以前自分も飲んだのを思い出したらしく口を押さえていた。

真っ青になって呻《うめ》き声を漏《も》らす様子を見ると、なんだか余計に具合が悪くなってるような気もする。……けどまぁ、しばらくすればおさまるはず。

「クルルさん……なに飲ませたんすか」

「……薬」

ケン君がクルルと微妙に距離を取った。

薬っていうのも、間違ってはいない。苦いけど効果はちゃんとあるんだし。

それにほら、良薬《りょうやく》口に苦しっていうじゃない?

「……あ? 俺は……」

しばらくすると、暴れていたコンドウさんが静かになった。どうやら我に返ったっぽい。すかさずケン君が呼びかける。

「久しぶりですね、コンドウさん」

「お前は……カトウか」

ちゃんと会話になってるみたいだから、酔いは醒《さ》めたんだね。……実はあの酔い醒《ざ》ましを飲むと、しばらく味覚がおかしくなるんだけど……言わないでおこうっと。

私がそんなことを考えている間に、ケン君はコンドウさんに質問をする。

「なにしてたか覚えてます？」

「飲んでたな。なぁ、なんで俺、縛《しば》られてんだ？」

「暴れてたからですよ……覚えてないんすか」

きょとん、とした顔でケン君を見るコンドウさん。記憶が飛ぶほど飲んじゃったんだ……ケン君が呆《あき》れるのも無理はない。

「あ？　あー……なんかでけぇの投げた気はすんなぁ……」

「……それって、ミサキさんに当たった樽《たる》では？」

ケン君がちらりと私を見る。そっか、コンドウさんが投げたのか、あの樽《たる》。なんだか無性に杖《つえ》でど突きたくなったけど、なんとか我慢する。余計な怪《け》我《が》を増やすのはめんどくさいし。

「ミサキ？　ミサキ……あぁ、一緒に召喚された女か」

コンドウさんは気づいてないみたいなので、私もいるってことを伝えておこう。さっきからずっと、目の前にいたんだけどね。

「……こんにちは」

「あ？　いたのか。……ってかコレ、おめぇがやったのか？」

コンドウさんは【ライトチェイン】を睨《にら》みつけながら、私に聞く。

「はい。解除する気はないです」

「ちっ……そうかよ」

ちょっと身じろぎするけど、【ライトチェイン】が壊せないことを悟ったのか、コンドウさんはそれきり大人しくなった。潔《いさぎよ》いというかなんというか……諦《あきら》めるのが早い。

まぁ、静かになったなら好都合だね。私からも質問させてもらおうかな。

「今までどこにいたんですか？」

「……その辺でずっと飲んでたな」

「お仕事は？」

「してねぇな。王様だかなんだかに追い出されちまったからな」

……意外とすらすら答えるね。もっと渋《しぶ》るかと思ってたのに。

答えてくれる分にはいいんだけど、ここまで素直だと逆に不安になってくる。

ケン君も気になったことがあったらしく、私に断ってからコンドウさんに質問する。

「金とかどうしてたんですか？」

「もらったやつがあったんだよ。もうなくなっちまったけどな」

なんでも、追い出されたときに王様からいくらかのお金をもらっていたそう。だけど毎日毎日お酒を飲み続けて、そのお金はとうに使い切ったらしい。

今はツケで酒場に入り浸《びた》っているんだとか。……ダメ大人すぎる。

それからコンドウさんは、ギルドで一旦《いったん》預かるってことで連れていかれた。

「おいカトウ、気をつけろよ。おめぇと女に、ササキは恨《うら》みがあるらしいぞ。俺ぁどこにいるか知らねぇけどな」

……なんて言葉を残して。

あまりにも不穏すぎる言葉に、私とケン君は思わず顔を見合わせた。……なんでこう、面倒事が次から次へと。

「ササキさんが？　なんでですかね」

ケン君が首を傾げて聞いてくるけど、私が知るわけない。

「知らないよ。私、ほとんど関わりないんだけど」

「ですよねー……」

召喚されて以来、私とササキさんが話したのは《魔獣暴走《スタンピード》》で絡まれたときだけ。しかも、ケン君と会話してるついでに、みたいな感じだった。

なぜそれで、私までターゲットになってるのかな。全く意味がわからない。

「ミサキ、どうするの？」

ミユウが心配そうな顔をする。

「今はとりあえず、遠征のことに集中かな」

「うん、わかった」

どこにいるかもわからない人のことなんて、今は考えてる余裕がないよ。一応注意しておくし……ミユウたちにも警戒はしてもらうけどね。

そんなことがありつつも、私たちは無事、ギルドでの申請を終わらせた。

あとは明日、遅れずに東門に行くだけだね。

あぁそうだ、今泊まってる宿も引き払わないと……やることはまだ結構あるけど、頑張ろう。


そして翌朝。

ウルルが寝坊しかけたけど、なんとか遅れずに東門に着いた。

えーっと、確かセシルさんかマルコを探せばいいんだよね？

東門には多数の馬車が停《と》まっていて、色とりどりの旗が目を引く。この中に、私たちがお世話になるマーキン商会の馬車があるらしい。

まだちょっと暗いから、人ひとりを探すのは大変。マーキン商会の旗印《はたじるし》、聞いとけばよかったかな。

「ん……見つけた」

だけどそんな心配はいらなかった。クルルが単眼鏡《たんがんきょう》を使って、マルコを発見したらしい。セシルさんにはまだ会ったことないはずだからね。

クルルが示した場所まで行くには、ちょっと人が多いところを通らなくちゃならない。

でも大丈夫……こういう時は、ウルルを先頭にして歩けばいい。

ウルルの戦斧《せんぷ》は威圧感がすごくて、歩くだけで自然と道ができるから。

「おはようございます、皆さん」

「おはよう、マルコ」

今日も爽《さわ》やかな笑顔で挨拶《あいさつ》するマルコは、防水布を被《かぶ》せた荷馬車の上に立っていた。

その荷馬車と周りの馬車には、どれも同じ……青い盾《たて》に白いユリが描かれた紋章がついていた。なるほど、これがマーキン商会の印《しるし》なんだね。

「皆さんの荷物はこちらに」

「あ、わたしたちで行ってくるよ。ミサキは待ってて」

「そう？　ありがと、ミュウ」

マルコに先導されて、ミュウがウルルとクルルを連れて荷物を置きに向かう。

ミュウたちと入れ違うように早速《さっそく》セシルさんもやってきた。

あ、その背中に隠れるように、もう一人女の子がいる。あと、なんだか見慣れない生き物がセシルさんにくっついてる。

「おや、早いね。感心感心」

「おはようございます、セシルさん」

「ああ、おはよう。……ほれアイリ、アンタも挨拶《あいさつ》しな」

ニッと笑ったセシルさんが、隠れていた女の子を前に押し出す。

……うん？　アイリってどっかで聞いたような……って、そうだ！　セシルさんが言ってた、パーティーメンバーの一人！　こんな小さな女の子が冒険者？　予想外すぎてびっくりだよ……

「……は、はじめまして……アイリ、です……」

アイリちゃんの自己紹介は消え入るような声だったけど、ギリギリ聞き取れた。緊張してるのかな？

アイリちゃんはセシルさんと同じ銀髪をハーフアップにして、前髪で左目を覆《おお》い隠してる。

目はラメをちりばめたみたいな金色で、綺麗。

冒険者らしい服装で、腰には緑の石がついた短めの杖《つえ》を差していた。私と同じ、魔法使いかもしれないね。

「初めまして、ミサキだよ。よろしくね」

私は怖がらせないように、少しでも優しく聞こえるように、しゃがんで挨拶《あいさつ》した。

「！　は、はい……！」

すると、アイリちゃんは驚いたような表情をしたあと、ほんの少しだけど笑ってくれる。

か、可愛い……！

私が感激していると、セシルさんが言う。

「アイリはアタシの子さ。冒険者の見習いをさせてる」

「なるほど……」

「アンタには懐《なつ》いたようだし、よかったら仲良くしてやってくれ」

それはもちろん。

私が強く頷くと、セシルさんはフッ……と笑って歩いていった。

アイリちゃんのことは私に任せるつもりらしい……本人も、ここに残ってくれてるし。

って、さっきの不思議生物もいる!?　いつの間にアイリちゃんの腕の中に移動したんだろう。

「アイリちゃん、その子は?」

「……リコ、って……いいます……」

「そっか」

思わず聞いちゃったけど……キツネとネコの間のようで、どちらでもない生き物の名前は、リコっていうらしい。

黄金色《こがねいろ》のもふもふした毛に、大きな耳と尻尾《しっぽ》が特徴的。吸い込まれそうなエメラルドの瞳をしてる。

ただ、どんなに考えても、私が知ってる生き物じゃないんだよね……不思議。

と、アイリちゃんの肩に移動したリコが、短い前足を私のほうに伸ばした。

「キュキュ!　キュ?」

「うん?　……握手?」

「キュッキュ」

……まさか、動物に握手をせがまれるとは夢にも思わなかったよ。

驚きつつも前足を軽く握ると、リコは満足そうに頷いて、アイリちゃんの腕に中に戻っ

ていった。

「……リコが、はじめてあったひとにちかづいたの……みたことない、よ？」

「キュキュキュ、キュ」

「……ミサキおねえさんが、とくべつ？」

「キュキュ！」

アイリちゃんは、リコが言ってることがわかるのかな？　私には「キュ」ってしか聞こえないけど、普通に会話してるみたいだし。

いや、それよりも！　お姉さんだって！

そんな風に呼ばれたことないから、なんだかとっても新鮮。

ふふ……今の私は、盛大ににやけてるはず。だって我慢できなかったんだもん。

ミユウやコートン姉妹にお母さんと呼ばれたことはあるけど、お姉さんとは一度も言われたことないからね。

「キュ……」

リコがジトッと私を見る。

「うん？　なにその目」

「キュッキュキュ」

私が尋ねると、やれやれ……といった風に首を横に振った。リコの中に小さい人間が入ってたりしないよね？　仕草《しぐさ》が人間臭いというか、生意気小僧風。

そのとき、私たちの傍《そば》を通る馬車が、がたんと大きく揺《ゆ》れた。そして、荷台に積み上げられた大きな木箱が一つ、横に傾《かたむ》く。

ヤバい！　このままじゃアイリちゃんに直撃する！

「……ぁ」

「アイリちゃん！」

こういうときこそ冷静になれ私！　イメージをしっかり持って！

「【シールド】！」

私は呆然《ぼうぜん》とするアイリちゃんと、ゆっくり落ちてくる木箱の間に【シールド】を斜《なな》めに展開する。

幸い木箱はそんなに重くなかったのか、壊れることなく静かに【シールド】の上を滑《すべ》り、着地した。

「大丈夫？　アイリちゃん」

「はい……！」

「うん、よかった」

魔法の使い方がわかっててよかった。展開が速くなったおかげでアイリちゃんは無傷、木箱も壊すことなく下ろせた。咄嗟《とっさ》の判断も、前よりはできてるんじゃないかな。

私がホッと胸を撫《な》で下ろしたあと、ようやく周囲が騒《さわ》ぎ始めた。

やれ積み荷が崩《くず》れたとか、やれ子供が下敷《したじ》きになったとか、憶測《おくそく》が飛《と》び交《か》う。

いや落ちてきたの一個だけだし、誰も潰《つぶ》れてないよ？

「アイリ！　ミサキ！　……ん？」

「ミサキー！　あれー？」

騒《さわ》ぎを聞きつけたのか、セシルさんとウルルが急いで駆け寄ってきた。

「セシルさん！　ウルル！」

ウルルは戦斧《せんぷ》を構えてる。子供が下敷《したじ》き……っていう部分を聞いて、ウルルなりに助けようと思ったのかもね。余計に騒《さわ》ぎを大きくしてるような気がするけど、ウルルに悪気はないんです。

「無事だったんだね、アイリ」

セシルさんがため息をついた。アイリちゃんは小さく頷く。

「……うん、ミサキおねえさんが……たすけて、くれたの」

「そうかいそうかい！　ありがとう、ミサキ」

「いえ」

お礼を言われるほどのことはしてないけど……誰も怪我《けが》しなくてよかったよね。

すると、セシルさんは私の肩にポンッと手を置いて、笑顔になった。でも、その目は少しも笑ってない。

「ミサキ、アイリを頼んだよ。アタシはこの馬車の御者《ぎょしゃ》にハナシがある」

「は、はい……」

怖っ!?　なんか変なオーラみたいなのが見えるんですけど!?

セシルさん、絶対怒ってる……私に向けられた怒《いか》りじゃないのに、背筋が凍《こお》る。

セシルさんは、御者《ぎょしゃ》のもとまで行って、声を張り上げた。

「ナナぁー！　積み荷はしっかり確認しときなぁー！」

「ひぃぃぃぃっ!?　す、すいやせぇーん！」

「こ、こわー……」

私は思わず震えた。ナナというらしい御者《ぎょしゃ》さんは声からすると男性みたいだけど、今のセシルさんの迫力は男性よりすごい。きっと相当な恐怖だろうなぁ……ご愁傷《しゅうしょう》様です。

ウルルですら顔が青くなってる……セシルさんに怒られないようにしないとね？

そんなとき、人と人の間を縫《ぬ》うようにして、ミュウとクルルが姿を見せた。

「あ、ミサキ！　無事だったんだね！」

「……怪我《けが》人も、なし」

二人は私の姿を見て、ホッと安堵《あんど》の息をついた。そんなに大きな事故じゃなかったから、怪我《けが》はしてないよ。心配かけてごめんね。

……ちなみにウルルだけが早く着いたのは、持ち前の身体能力で馬車の上を飛んできたからだった。そんな八艘跳《はっそうと》びみたいなことができない二人は、ミュウの〈探知〉を頼りにここまで来たらしい。

「……っ」

アイリちゃんはミュウたちに驚いたのか、私の背中に隠れてしまった。

そんなアイリちゃんとは対照的に、リコはいつの間にかウルルの腕の中にいる。一瞬で仲良くなったみたい。

「？　ウルル、なにそれ」

クルルがリコに気づいて、ウルルに聞く。

「よくわかんなーい。けどー、かわいーよー」

「確かに、かわいいね」

ミュウもリコを見て微笑んでる。

リコはそんなミュウとクルルに前足を伸ばし、握手をせがんだ。

リコはあっという間に私のパーティーに馴染んだ。なんて恐ろしいモフモフの順応力。

その様子を、ちょっとだけ顔を出して眺《なが》めるアイリちゃん。……自己紹介って、結構勇気がいるよね。

ということで、ちょっとお手伝い。

アイリちゃんを前に出して、ミュウたちを呼ぶ。自分から知らない人に声をかけるのは、私でもちょっと勇気がいるからね。

「……わわ、ぁ……」

「大丈夫、頑張って。怖くないから」

「……はい……！」

むんっ！　と小さなげんこつを作るアイリちゃん。

気合いを入れたみたいけど、それがすごく可愛い。ミュウたちも、優しい笑みを浮かべてる。

「……はじめ、まして……アイリ、です……！」

アイリちゃんは小さな声だけど、それでもしっかりと自己紹介をした。

「よくできました」

「……ふぁ……」

思わず頭をなでなでしちゃったけど……嫌がられてはいないみたいだから、いっか。

「初めまして、ミュウです。よろしくね」

「ウルルだよー、よろしくー」

「クルル。よろしく」

皆も自己紹介を済ませる。

ミュウは小さな子供相手だと緊張しないらしい。ふわっと優しい笑顔で話している。

ウルルは、さすがに戦斧《せんぷ》はヤバいと思ったのか隠していた。

それから少し雑談したけど、アイリちゃんがお姉さんって呼んだのは私だけ。なんだか特別な感じがして、私としては嬉しい限り。

それから、ボコボコになった男性を引きずって、セシルさんが戻ってきた。

……セシルさんが連れてきた男性は、さっきの馬車の御者《ぎょしゃ》のナナさん。

なんだかあまりにも不憫《ふびん》だったので【ヒール】をかけた。

そのあと、セシルさんが私たちの今後の行程を告げる。

私たちとケン君たち、セシルさんたちは同じマーキン商会を護衛するけれど、馬車がいくつかあるというので、手分けすることになった。

重量の問題で、アイリちゃんはセシルさんと一緒ではなく、私たちの馬車に乗ることに。

私たちが乗る馬車には、御者台《ぎょしゃだい》はあるけど御者《ぎょしゃ》がいない……というか、馬もいない。

他の馬車に連結させて引っ張ってもらうらしい。

御者《ぎょしゃ》がいないのは、女性だけのパーティーが安心できるようにっていう配慮だそうで、幌《ほろ》の前後にある入り口も、中が見えないようにしっかり閉じられる構造になってい た。着替えのときとかどうするんだろうって思ってたから、これはありがたいなぁ……

しばらくして、ケン君とマルコも合流する。ケン君とマルコは、それぞれ馬に乗って馬車の横を並走するらしい。

護衛という立場なら、私たちもそうしたほうがいいんじゃないかと思ったんだけど……マルコは笑って否定した。

「冒険者とはいえ、慣れていない女性にずっと馬に乗れというのは酷《こく》でしょう」

馬に乗るのは結構大変らしく、慣れてないと体が痛くなるんだって。最近ケン君の姿を見なかったのはこれが理由だったみたい。旅で自分が乗る馬で、乗馬の練習をしてたらしい。

――ブォー、ブォー、ブォー……

私たちが準備を終えた頃、ほら貝っぽい低く大きな音が聞こえて、馬車がゆっくりと動き出した。どうやら今の音は、出発の合図だったみたいだね。

「やっほーい！」

「キューイ！」

ウルルは馬車が動き出した途端に、リコと一緒に御者台《ぎょしゃ》に向かった。操縦する必要はないから、景色を楽しむつもりかも。ミュウは防具を着け始めた。

さて、いよいよ旅の始まりだね。ちゃんと聖剣が見つかるといいな。

第四章　旅の始まり

「わぁ……綺麗……」

ミュウのうっとりした声を聞いて外を見ると、そこには素敵な景色があった。

「東側ってこうなってたんだね……」

王都を出発してすぐ。

馬車の外に広がる景色が、いつも見ていた南側とは全然違っていた。

私たちの視線の先には、大きな川と花畑が広がっている。

今までこの景色を知らなかったのがもったいない……そう思えるほど、雄大《ゆうだい》で綺麗な眺《なが》め。

南側だけじゃなくって、こっちにも来ておくんだった。

クルルはあまり興味がないようで、外には目もくれずにバッグを漁《あさ》ってる。

「クルルは見ないの？」

「ん、ここの、景色は、知ってる」

そっか……せっかく綺麗なのにな。クルルは、ミュウが使う矢の調整をするらしい。そういえば、撃《う》ったときにブレてしまうから、ちょっと歪《ゆが》んでいるのかも、ってミュウが言ってたっけ。今やってるのはその調整かな。

「【ディケイン】……【インクリス】」

クルルはなんだか聞き慣れない詠唱《えいしょう》をする。一瞬だけクルルの手が光って、持っていた矢が形を変えた。元のものよりまっすぐになった感じ。

「クルル、それ魔法？」

「ん、〈錬金魔法《れんきん》〉。金属以外の、加工が、できる」

「へぇ……すごい」

クルルが使うスキル〈錬金魔法《れんきん》〉。主《おも》にものの性質を弄《いじ》って強くしたり、材料を掛け合わせて全く別のものを作り出したりして使うんだとか。

《魔獣暴走《スタンピード》》で大活躍した〔爆発水薬《バーストオイル》〕も、この〈錬金魔法《れんきん》〉を使って作り出したんだって。

「他にはなにができるの？」

「魔法の、付与。簡単な、魔道具なら、作れる」

「クルルすごいねぇ」

ミュウが目を丸くして驚いてる。私もびっくりしたよ。

魔道具は小さくても高価で高性能。その中には、私やケン君が持つ召喚者のチート級魔法に匹敵《ひってき》する性能を持つものも存在するらしい。

だからクルルが魔道具を作れるなんて驚いた。……器用ってレベルじゃないよね。

「これは、秘密。バレると、面倒」

「確かに。うん、絶対に内緒で」

「ん」

こんなスキルを持ってるって知られたら、魔道具をほしがる人が殺到《さっとう》しそう。それだけならまだいいけど、そのスキルを利用しようとして、卑劣《ひれつ》なことをする人もいるかもしれない。

だからこれは、ここにいる私たちだけの秘密にしとこう。

「うーん。あ」

少し疲れたので伸びをしたら、隣に座っているアイリちゃんが私の服を掴《つか》んでるのに気づいた。しかも気持ちよさそうに寝てるし……仕方ない。できるだけじっとしてようっと。

それから、特になにもなく馬車が進む。

それにしても……なにか娯楽《ごらく》がないと退屈になってきた。ミュウとクルルもこっくり

こっくり舟をこいでいる。

とそのとき、御者台《ぎょしゃ》にいたリコが焦《あせ》ったように飛び込んできた。

「キュー！　キュキュッ！」

「っ！　まじゅう……！」

リコの声を聞いたアイリちゃんが飛び起きる。……って、魔獣!?

居眠りしていたミュウとクルルも、それを聞いていつでも戦えるように武器を取る。

娯楽《ごらく》がほしいとは思ったけど、魔獣に出てきてほしいとは思ってない！

「ミュウ、〈探知〉お願い」

「うん！」

馬車はまだ止まってない。ってことは、前を走る馬車は魔獣に気がついてないってことになる。

人の目には見えないってことは、まだ距離があるみたいだけど、詳しい魔獣の種類や数がわからないと、戦うにはちょっと危険。

「……いた！　南に、多分ラージボア！　数は四！」

〈探知〉に集中していたミュウが、バッと顔を上げて叫ぶ。

「そのくらいならウルルで十分……！」

南から来るということは、東に向かっている私たちに突っ込んでくる形になる。ラージボアは突進を得意とする魔獣だから、横から突撃されたらすごく面倒。

ただし、ウルルなら問題ない。

「ウルル、ちょっといい？」

「なーにー？」

「南……あっちに魔獣がいるの。倒してきて」

「え!?　いーのー？」

御者台《ぎょしゃ》に寝転がっていたウルルにお願いすると、途端に目をきらりと輝かせた。相当退屈してたみたいだね。

「もちろん、こっちに近づけないでね」

「まーかして！　行ってきまーす！」

ウルルはドンッ！　と馬車の上から飛び出していく。

衝撃で大きく揺《ゆ》れて、先行する馬車が急制動をかけた。私たちの馬車に並んで馬を走らせていたケン君は、飛び出したウルルを追う。

……あ、ウルルに【シールド】かけ忘れちゃった。けどまぁ、ケン君もいるし大丈夫でしょ。

——ブォー、ブォー……


ほら貝チックな音が響いて、馬車が一斉《いっせい》に止まる。これが魔獣出現の合図なのかな。

弓を構えたミュウも、警戒するように馬車の上に立つ。

「魔獣……ちっ、面倒な！」

魔獣からは最も遠い位置にいたセシルさんが駆けていくのが見えた。

けど、多分ウルルがもう倒してるから、行かなくてもいいんじゃないかと思う。イノシシが束《たば》になっても、ウルルには敵《かな》わないからね。

「あ、セシルさん……ご心配なく。既《すで》にウルルが向かってます」

「……早いね。そうか、リコの能力だね？」

「はい」

やっぱりリコには、魔獣を感知する能力みたいなのがあるんだね。しかもかなり広範囲を察知できるみたいだし……すごいなぁリコ。

「キュキュ、キュ！」

リコが器用に二本足で立って、前足を腰に当てるジェスチャーをする。私にはそれが『どうだ見たか！』って感じにしか見えなかった。

「はいはい、ありがとうリコ。助かったよ」

「キュッキュッキュ」

お礼を言うと、今度は笑ってるみたいな鳴き方をする。なかなか感情表現が豊かっぽい。

「……ウルルさん、だいじょうぶ……かな……」

ちら、とアイリちゃんが馬車の外を見る。

「心配しなくても平気だよ、アイリちゃん」

よっぽど強い魔獣でもない限り問題はないはず。きっとすぐに帰ってくる。

「たっだいまー！」

「ほらね？」

「……はい……！」

私の予想よりも早く、ウルルが帰ってきた。アイリちゃんも安心した様子。周りの人からすると、一瞬のように感じるかも。

もしかしたら、他の人は魔獣から逃げてきたんじゃ？　とか考えるかもしれないけど、それは大丈夫。すぐ後ろから、ズタボロになったラージボアを引きずったケン君が来てるから。

「お疲れさま、ウルル。怪我《けが》はない？」

「へーきへーき！　このくらいなんともないよー」

さすがウルル。魔獣を倒したのはもちろん、蹴散《けち》らすだけ蹴散《けち》らしておいてあとの処理をケン君に丸投げしたのも、さすがとしか言いようがない。しれっと人任せにするのがウルルだから。

「ケン君、なにか手伝うよ？　解体はできないけど」

「ミサキさん⁉　……いや、嬉しいですけど大丈夫です。このままあいてる荷馬車にのせて、移動している間に解体できる人に頼むんで。それにミサキさんの服、真っ白じゃないですか。汚したら申し訳ないんで、ここは任せてください」

「……そう？」

そっか……遠慮なく言ってくれてもいいのにね。

もう魔獣が迫《せま》っていないことを確認すると、また馬車が動き出す。

出発前にセシルさんから聞いた話だと、今日は野営になるらしい。夜通し進めば次の街に着くけど、馬を休ませるため、野営して明日の朝着くようにするんだって。

それからは魔獣が出てくることもなく、何度か休憩を挟みながら進む。

だけど、ただ馬車に乗ってるだけっていうのも、なかなか疲れるね……暇で仕方がない。

そして夕方、街道から少し逸《そ》れた森の近くで馬車が停《と》まった。今日はここで野営をするらしい。でも、まだ明るいよ？

「まだちょっと早くない？」

私の問いに、ミュウが答えてくれる。

「あんまり暗くなっちゃうと、準備するのも大変だから」

「あぁ、なるほど」

確かにそうだね。日本のキャンプ感覚で考えちゃったけど、この世界に折《お》り畳《たた》み式テントなんてないし、明かりも松明《たいまつ》の火だけ。さらに場所選びに周囲の警戒と、やることは盛りだくさん。とてもじゃないけど、暗くなってからじゃできないね。

野営の仕方はいたって簡単。馬車で今到着した広場に囲いを作って、その真ん中にたき火を熾《おこ》す。

食事の準備は各自でやって、寝る場所も自由。護衛の冒険者は、夜も囲いの外側で交代しながら警戒する、という流れになるそう。さて、私たちも準備を手伝おう。

私とミュウは馬車から降りて薪《たきぎ》集めをする。すると、セシルさんが私たちのところにやってきた。

「お疲れさん。ちょっとウルルとリコを借りていいかい？」

「ウルルとリコ……ですか？」

なんでまたそのチョイスを……まぁ、多分狩りかなにかだよね。セシルさん、完全武装だし。それ以外にウルルを呼ぶ理由が見つからない……

「ああ、これから探索に行くんだけどねぇ、うちのルーカが見当たらないんだよ」

「それでウルルを？」

「そう、リコは素敵《さくてき》にね」

やっぱり。ルーカさんっていうのがどんな人かは知らないけど、ウルルは強いからね。実際にラージボアを倒したから、認められたのかな。

さてウルルはどこに……あ、いた。連結馬車に車止めを噛ませてる。

「ウルルー！　ちょっといい？」

「なにー？」

「セシルさんがね、探索にウルルを連れていきたいって……」

「行くー！」

食い気味に即答するウルル。やっぱり体を動かすほうが好きみたい。

ウルルが戦斧《せんぶ》を取りに行くって言うから、ついでに馬車で寝てるリコも連れてくるようにお願いする。

すると、ウルルはすぐに戻ってくる。……なぜか頭にリコをのせていた。

リコがばっちり起きてることから考えて、自分で頭にのったんだろうけど……ウルル、邪魔じゃないのかな。リコは長い毛に覆《おお》われたかなり大きな尻尾《しっぽ》を、ウルルの前に垂らしている。そのせいで、顔がほとんど見えない状態だけど……

「……ウルル、前見えてる？」

「だいじょーぶ！　見えるー！」

そっか……ウルルが見えるって言うならいいんだけど。

「じゃ、行ってくるよ」

「行ってきまーす！」

セシルさんに連れられ、ブンブンと手を振って歩いていくウルル。まるで遠足に行く子供みたい……魔獣がいるかもしれない森に入るようには見えないから。

……さて、セシルさんと話してるうちに、薪《たきぎ》はミュウが大体集めてくれたし、私はなにをしようかな。

っと、アイリちゃんが起きてきた。さっきウルルに起こされたのかな？

きょろきょろと辺《あた》りを見回したアイリちゃんは、近くにあった袋を運び始める。

「……わ、わたしも、おてつだい……」

ふらついててちょっと危ないから、私も隣をゆっくり歩く。

「ありがとう、アイリちゃん」

「……はい……！」

手伝ってくれるっていうなら、多少ゆっくりでもいいじゃない。

ケン君とマルコは、食事を作るための簡易キッチンみたいなのを組み立てていた。

天板に七輪《しちりん》みたいな網《あみ》が敷《し》かれているから、炭火を利用するらしい。

アイリちゃんが運んでいるのは、ここで使う炭っぽい。小さく砕《くだ》いてあるから、火がつけやすいのかな。

二人は天板を支えるための石を積み上げて、高さの調整をしていた。

だけど、なにか悩んでるみたい。あーでもない、こーでもないって言ってるから、ちょっと話しかけてみようかな。

「お疲れさま、ケン君、マルコ」

「あ、ミサキさん。お疲れ様です！」

「お疲れ様です」

元気に返事するケン君と、柔《やわ》らかく微笑むマルコ。そんな二人に私は尋ねた。

「なに悩んでるの？」

「あー……ここの高さをどうするかでちょっと」

「僕もケンも料理ができないので、他の方に合わせようかと思っているのです」

なんだ、そんなことか。だったら私に合わせて調節してもらおっかな。

……さすがに野営での料理経験はないけど、私だってそれなりにできる。必要だろうと思って、調味料も買ってあるしね。

「じゃあ私に合わせてよ」

「……え？　ミ、ミサキさんが作るんすか？」

「うん。料理はできるもん」

そう言ったら……なぜかケン君が固まっちゃったんだけど。ダメなの？

マルコは笑いを堪《こら》えているのか、プルプルと震えていた。私ってそんなに料理しない人だと思われてたのかな……？

「おっと、すみません。では、ミサキさんに合わせて調節します」

「あ、お願い」

マルコは私が料理しないと思ってたんじゃなくて、ケン君が固まったのが面白かったらしい。口元に笑みを浮かべたまま、台座になっている石を減らしていく。

「……これくらいでしょうか」

「うん、ばっちり。丁度いい高さだよ」

「それはよかったです」

ほどなく、簡易キッチンは私が一番作業しやすい高さになった。あとはマルコが横に置いた水瓶《みずがめ》に、水を汲《く》んでくれれば完璧《かんぺき》。

確か、水を出す魔道具みたいなのをクルルが持ってたっけ。アレを使えば簡単に水をためられそう。

「あ、でも食材ってどうしよう。お鍋《なべ》とかはあるけど……」

私がふと思い出して聞くと、マルコは少し考え込んでからポンと手を打った。

「ウルルさんが倒したラージボアを使っては？　魔獣ですが食べられますよ」

「へぇ……じゃあそれで」

魔獣って食べられるんだ……初めて知った。

ラージボアを見せてもらうと、既《すで》に解体が終わっていて、スーパーで売ってるかたまり肉みたいになってた。イノシシの姿のままだったらどうしよう……って思ってたから一安心。

まぁ、見た感じは豚バラにそっくりだけど、果たして味はどうなのかな。あとで確かめないと。

「じゃあ、あとで使わせてもらうね」

「ええ、よろしくお願いします」

「お願いします！」

マルコとケン君が、それぞれ快《こころよ》く了承してくれた。

「……よかったですね？　ケン」

「……う、うっせ！」

なんだか男子が小声で話してる。なにを話してるかあんまり聞こえない……いや、盗み聞きするつもりはないけどね？　やっぱりちょっと気になっちゃって。でもまぁ、いっか。

夕飯の支度《したく》をするにはまだ早い。ウルルが帰ってくるのを待ちつつ、ミュウたちの手伝いでもしてよっかな。って思ったけど、もうすることもほとんどないみたい。

うーん……アイリちゃんと少し遊んでようか。クルルに頼んで、トランプみたいなものを作ってもらうのとかいいかも。今後の道中でも使えそうだし。

なんて考えながら、私はアイリちゃんとなにをするか話し始めるのだった。

辺《あた》りが暗くなってきた頃、私とミュウ、クルル、アイリちゃんは、馬車の中でのんびりしていた。

すると、外から元気な声が聞こえた。

「たっだいまー！」

「あ、おかえりウルル」

セシルさんとウルルが帰ってきたんだね。

そろそろご飯の支度《したく》をしなくちゃね。炭火調理は初めてだから頑張らないと。

私は気合いを入れながら、馬車を降りる。すると、鎧《よろい》を脱いだウルルが意外なことを言い出した。

「ごはーん！　作るの手伝うよー」

「え？　ウルル、料理できたの？」

「ウルル……結構、上手、だよ」

衝撃の事実。

驚く私を見て、クルルがうんうんと頷く。

いや、びっくりだよ。だって、なんでも直感でやっちゃうウルルが、料理できるなんて正直思ってなかったから。あ、直感で味がわかるとか？　だとしたら相当すごいけど。

「なにすればいいー？」

ウルルが腕まくりしながら聞いてくる。

「うーん……じゃあ、スープお願いしてもいい？」

「いーよー」

まぁ、手伝ってくれるならありがたい。調理器具はいっぱいあるし、キッチンも二人くらいなら並んで作業できそう。

さて……なにを作ろうかな。まずはお肉をちょっと焼いてみて、どんな味なのか確かめよっか。

「あ、いい匂い」

ラージボアのかたまり肉を薄く切って焼くと、すごく美味《おい》しそうな匂いがした。

「……わ、美味《おい》しい」

食べてみても、味はほぼ豚肉。もっと獣《けもの》臭いかと思ってたのに。

ただ焼いただけだけど、これだけで十分な気もする。いや、ちゃんと調理するけどね。

出発前に王都で買い込んだ食材……主《おも》に野菜とハーブ類もあるし、これならどんな料理でもできそう。

確か白ワインも買ってたっけ。誰もお酒は飲まないのになんで買ったかわからないけど、料理に使えるからいっか。せっかくだし、なんちゃって蒸し料理でも作ろうかな？

「ねーミサキー、これ使っていーのー？」

「うん、どんどん使って」

「はーい」

ウルルも作るものを決めたらしく、クルルが持ってきた野菜とにらめっこを始めた。根菜を使うみたい。この世界の野菜は、名前は微妙に違うけど、見た目と味はほぼ日本のと同じ。こっちの世界にしかない野菜に気をつければ、扱うのはそんなに難しくない。ま、私は今日は野菜使わないけど。

まずはかたまり肉に塩を塗《ぬ》り込む。少し放っておく間に、鍋《なべ》と白ワインを用意して、もう一つ……あった、ローズマリー。これで準備完了。

かたまり肉から出た水分を拭《ふ》いて、鍋《なべ》に放り込む。そのあと、白ワインをかけて、ローズマリーをのせる。

これで蓋《ふた》をしたら、あとは沸騰《ふっとう》するのを待つだけ。ね？　簡単でしょ？

「ふんふーんふふーん♪」

ふとウルルのほうを見ると、鼻歌を歌いながらニンジンとか玉ねぎをザクザク切ってるところだった。

すごく適当に見えるのに、ニンジンは綺麗に同じ大きさに揃《そろ》えられてる。豪快《ごうかい》に切りそうとか思ってごめんなさい、ウルル……実に美しい包丁捌《さば》きでした。

私のほうは、ほんとに放っておくだけでできるんだよね……っと、そろそろかな。

沸騰《ふっとう》したら、炭を掻《か》き出して弱火に。コンロじゃないから大体でいいね。そしてまた放置、と。

待つ間はなにしようか……あ、そういえば。

「ねぇミュウ、パンってどこにある？」

「んー、確か馬車に……持ってくるよ。一つでいいの？」

「うん。お願い。ありがとう」

結構大きいから一つでも十分。この世界のパンは、バゲットを大きくしたみたいなやつ。そのままでももちろん美味《おい》しいんだけど、ちょっと硬いんだよね。だからアレも、ついでに料理しちゃおう。

しばらくして、ミュウがパンを持ってきてくれた。これを、大体一センチくらいの幅《はば》に切る。

その上にのせるのは、チーズっぽい食べ物と、あまり日持ちしない野菜、ピーマンとトマトみたいなやつ。

そう、これがあればピザっぽいモノが作れる。

種を出して輪切りにしたピーマンと、どろどろした部分を取ったトマトをパンにのせて、さらに上に薄くスライスしたチーズをオン。これであとは焼くだけ。

なんか丁度いい金網《かなあみ》があったから、これでじっくり焼こう。石窯《いしがま》でもあればいいけど、そんなの野営で用意できるはずもないし。

「あ、こっちもそろそろかな……」

そうこうしてるうちにボア肉がいい感じになってた。

かたまり肉を取り出して粗熱《あらねつ》を取ったら、薄く切ってお皿に盛りつける。

で、鍋《なべ》に残った汁を使ってソースを作る。まぁ、バターと塩、コショウを入れて味を調《ととの》えるだけなんだけど。

それをお肉にかけたら完成！　なんちゃって塩蒸し豚！　いや、塩蒸しボアかな。

「おー、美味《おい》しそー」

「いい匂い……」

匂いにつられて、ウルルとミュウが近寄ってきた。

ってクルル、こっそりついてきて盗み食いしちゃダメ。皆揃《そろ》ってからね。

ウルルのスープは、蓋《ふた》をして煮込んでる最中。一体なにができるのかな……ちょっと楽しみ。

「おーウ、美味《おい》しそうナ匂いだネ」

「うぉわ!?」

びっくりした……急に後ろから声がした。

「おっト、ごめんヨー」

振り返ると、そこには以前ギルドでぶつかった女性が立っていた。

毛皮を使った装備に身を包んで、腰にはカーブした刃の武器を差してる。確か、ククリナイフっていうんだっけ？

「あなたは……」

「はーイ、まタ会ったネ。白い魔法使いさン」

白い魔法使い……確かにそうだけど。っていうか、なんでこの人がここにいるんだろう。

と思ったら、セシルさんがすごい勢いで駆け寄ってきた。

「ルーカ！　今までどこに行ってたんだい！」

え？　この人がルーカさん？　行方《ゆくえ》不明《ふめい》になってたっていう、あの？

そのルーカさんは、てへっと舌を出してウインクした。

「ちょっト野暮用。……痛たたたタ！」

そんなルーカさんの顔を、セシルさんが鷲掴《わしづか》みにした。じたばたと暴れるルーカさんが悲痛な叫び声を上げる。

「せめて！　断ってから行きな！　探索も放っぽり出して！」

「にゃあアア!? ご、ごめんヨー! 痛イ! 割れル!」

ぎりぎりぎり……って音も聞こえるし、セシルさんの手にはかなり力が入ってるみたい。

少しして解放されたルーカさんは、そのまま地面に崩《くず》れ落ちた。両手で顔を押さえて悶《もだ》えている。相当痛かったらしい。

「ふぅ。こんなものかねぇ」

「うウ……酷《ひど》いじゃないカ……」

「次はないからね」

逆にセシルさんは、満足げな表情。いい笑顔でルーカさんに釘を刺してる。

セシルさんを怒らせたらこうなるのか……気をつけよう。

倒れたルーカさんのことは、倒したセシルさんが教えてくれた。

ルーカさんはサーナリア王国の南にある国の出身で、主《おも》にナイフを使っていて、パーティーでは斥候《せっこう》の役割をしているらしい。

ただし自由すぎる性格で、今日みたいに突然いなくなることも珍しくないんだって。

一人で行動して大丈夫なのかと思って聞いたら、「かなり強いから心配するだけ無駄」とのことだった。そうですか。

ルーカさんの乱入で一波乱あったけど、ウルルのスープも丁度いい感じになったらしい。

ということで、皆で食事。

リコはなに食べるかわからなかったけど、普通に人間と同じものでいいんだって……ホント不思議な生き物。

「美味《おい》しい……」

ミュウがうっとりとそう言ってくれる。

「なにこれ美味《おい》しー！」

「……！」

ウルルは目を輝かせて、クルルは一言も発さずに、だけどもりもり食べてる。私が作ったピザモドキは皆に好評。

塩蒸しボアも、あっさりしてて美味《おい》しいと言ってもらえた。

「うぉぉ……こっちでピザが食えるなんて……美味《うま》い……」

……私としては、ケン君が涙を流してるのが気になって仕方がないんだけど。

なんだか感動してるみたいだけど、それ適当に作ったやつだからね？　そんな泣くほどじゃないと思うんだけど……まぁ、ちょっと嬉しいな。私の料理を美味《おい》しいって言ってもらえるのは。

「それほどですか……おや、確かに」

マルコも一口食べると、目を見開いていた。気に入ってもらえたようでなにより。

「ウルルのスープも美味《おい》しいよ」

「えっへへー、やったねー」

私が褒《ほ》めると、ウルルはとても嬉しそうな顔をした。

ウルルが作ったのは、ポトフみたいなスープ。あっさりした塩味で野菜も柔《やわ》らかくて、すごく美味《おい》しい。普段のウルルからは想像できないほど繊細《せんさい》な味がする。

「ほんとに料理できたんだぁ……」

……ミュウは食べるまで疑っていたっぽいね、ウルルが料理上手っていう話。

「……大したもんだねぇ」

「美味《うま》いヨ！　やるネー」

セシルさんとルーカさんにも好評。

塩味ばっかりだから飽《あ》きるかな？　とも思ったけど、そんな心配はいらなかった。あっという間に料理が消えていく。

「キュキュー、キュッ」

「……だめ。これは……わたしの……」

「キュ⁉」

……リコにも、皆と同じ量を用意したはずだけど。早々に食べ終わったのか、アイリちゃんのご飯をねだってる。

まぁ、アイリちゃんが器《うつわ》を抱き込むように隠したので、おねだりは失敗したらしい。

あと片づけは男子がやってくれることになった。

「自分たちは料理ができないから、せめてこれくらいは！」って言われちゃって。すごく助かるけど……ケン君がやる気に満ち溢《あふ》れてて、ちょっと怖い。

男子たちの様子を眺《なが》めていると、ミュウに声をかけられる。

「ミサキ、次の警戒わたしたちだよ」

「うん、わかった」

夕食の直後、私とミュウは警戒担当だった。

ぶっちゃけ、ミュウが定期的に〈探知〉を使うから、私はおまけみたいなものなんだけど。

役に立てるのは、発光の強さを調節した【エミスト】で、明かりを取るくらいかな？

松明《たいまつ》よりは明るいし。

一旦《いったん》野営をしている広場の裏手に回って、川に異常がないかを確かめる。

魔獣や盗賊の類《たぐい》が現れたときは、川を渡るときの音で気がつくらしい。静かな夜だと、小さな音でもよく響くからね。

私が川の傍《そば》で立ち止まると、ミュウが〈探知〉を使う。

「んー……」

「ミュウ、どう?」

「大丈夫みたい。なんにもかからないよ」

ミュウの〈探知〉は、索敵《さくてき》範囲を一つの方向に絞《しぼ》ることで、射程距離を延ばすことができる。前方なら五百メートルは感知できるんだとか。人の目で見るよりも遥《はる》かに高性能なので、わざわざ川の向こうに行かなくていいらしい。

「……あれ?」

なにもないなら、と私が広場に戻ろうとしたら、ミュウがふと森のほうを見た。

「どうしたのミュウ?」

ミュウはスッと目を閉じて、〈探知〉に集中する。なにか見つけた?

「んー……なにかいる。魔獣じゃ、ないかな。……人?」

「盗賊とか?」

「……一人、みたい。盗賊ならもっといるんじゃないかなぁ……」

確かに。馬車や商人を襲《おそ》うにしても、一人でできる人は少ないと思う。ウルルみたいに、個人で滅茶苦茶《めちゃくちゃ》強いとかなら話は別だけど。

「あ、ルーカさんじゃないの？　一人で行動することが多いって話だったし」

「ううん、違う。ルーカさんは馬車のところにいるもん」

「そっか……」

ルーカさんとは既《すで》に会ってるから、反応がどこにあるかわかるらしい。ルーカさんじゃないとすると、ますます怪《あや》しいね。

「どのくらいの距離？」

「え？　んー……二百メートルくらい先だよ。なにするの？」

「ちょっと確かめる」

そのくらいなら届くかな。木々にぶつけないようにするのは大変だけど、射程距離は問題ない。

「【オーブ】……【エミスト】」

まず、魔法を吸い込むことのできる【オーブ】に、わざと【エミスト】を吸わせる。

それを、私が作れる限界の五つ用意。

ふよふよと浮く【オーブ】は、【エミスト】の影響でちょっと光が強くなってる。杖《つえ》を光らせてた分の【エミスト】まで使っちゃったけど、まぁいっか。

「ミユウ、どの方向？」

「あっちだけど……」

「……よし、行けっ！」

ミユウが指した方向に、シュッと音もなく飛んでいく五つの【オーブ】。巨大な蛍《ほたる》に見えないこともない。

精密な操作はできないけど、なんとか木にぶつからずに進んでる。……っと、そろそろかな？

「ミユウ、目閉じて」

「え？　う、うん」

ミユウの目を閉じさせた瞬間、カッ！　と強い光が辺《あた》りを照らす。一瞬昼になったんじゃないかと思うほど明るくなった。

【オーブ】を射程距離限界まで飛ばすと、中にため込んだ魔法の効果が出てくるんだよね。今回は光る【エミスト】を吸わせたから、こんな風に強い光が炸裂《さくれつ》した。

凄《すさ》まじい閃光《せんこう》で、にわかにキャラバンが騒《さわ》がしくなったけど、すぐにおさまったからか、そこまで大きな騒《さわ》ぎにはなってない。

「もう目を開けていいよ。ミュウ、怪《あや》しい人まだいる？」

「ちょっと待ってね。んー……いなくなってる」

「逃げたかな？」

ミュウが全力で〈探知〉をかけても、さっきまでいた人はいなくなってた。

閃光《せんこう》で目を眩《くら》ませて、あわよくば捕獲したかったけど……

「んー、一回戻る？」

ミュウの問いに、私は頷いた。

「そうしよう。セシルさんに報告しなきゃね」

「うん！」

こういう場合は、頼れる先輩冒険者に相談するのが一番。このまま探しに行くのが最も危ないのはわかってるからね。

馬車に戻ると、肩にリコをのせたセシルさんが駆け寄ってきた。なんだか焦《あせ》ってるように見える。

「ミサキ、ミュウ、大丈夫かい？」

「はい」

「大丈夫です」

私たちが答えると、セシルさんはホッと安堵《あんど》の息をついた。

「よかったよ。さっきリコが騒《さわ》いでね……アイリが言うには、あっちになにかいるらしい」

リコの能力って、魔獣以外も察知できるんだ……すごいね。

そして、セシルさんが指した方向から考えて、その「なにか」はさっきミュウが見つけた人と同じだと思う。

「それ、私たちのほうでも確認しました。魔法で追い払ったんですけど」

「さっきの閃光《せんこう》だね？　アレ以降はリコも落ち着いたよ」

「キュキュ」

やっぱり逃げてたんだ。リコでもわからなくなったってことは、反対側に逃げていったのかな。閃光《せんこう》に背を向けて逃げられちゃ、どんなに強い光も意味ないし。

私が肩を落とすと、セシルさんは慰《なぐさ》めるように言う。

「大丈夫さ。念のためにルーカに追わせてる。森の中なら、あいつに任せていいからね」

それなら安心だね。私はホッと息をつき、セシルさんに尋ねた。

「私たちはどうすれば？」

「ひとまず休んできな。警戒は男にやらせるから」

「「わかりました」」

セシルさんの言葉を聞き、私とミュウは答える。

あとは任せたよケン君、マルコ。

セシルさんもこのまま警戒を続けるっぽい。多分、相手を追っかけてるっていうルーカさんを待ってるんだと思う。

私たち用の馬車の傍《そば》には、夕飯の前まではなかったテントが設置してあった。

このテントは簡単に言うと、移動式のシャワールームみたいなやつ。

さすがに本格的なシャワーやお風呂はなくて、お湯が入った桶《おけ》があるだけ。けど、体を拭《ふ》くときに服を脱ぐ必要がある以上、このテントはないと困る。

これはちょっと特別な素材でできていて、中の光を通さないようになってる。だから、中の人の姿は外からじゃ見えない。

ちなみに男性用は別。そっちはキャラバンの人たちと共用ね。商人や御者《ぎょしゃ》は男性ばかりで、たった二人の冒険者男子のためにテントを用意するのはもったいないから、一緒に使っちゃえ！　ってことらしい。

「んー……さっぱりするぅ……」

先に入ったミュウが、馬車に戻ってくる。私も準備して、シャワーテントに向かうけど……

「拭《ふ》くだけでも気持ちいいけど、やっぱりお風呂に入りたい……」

「あはは、だねぇ」

この世界に来てからというもの、私はお風呂に出会えていない。

シャワーは毎日浴《あ》びてたけど、やっぱりそこは日本人。思いっきり足を伸ばせるお風呂に入りたい。

で、明日私たちが行く予定の街には、なんと温泉があるんだって！

これはもう、入るしかないよね。滞在は三日間の予定だし、心ゆくまで堪能《たんのう》しちゃうからね！

そんなことを思いつつ、今日は体を拭《ふ》くだけで我慢。

うーん……髪を洗わないとなんか気持ち悪いなぁ……仕方ないんだけどね。

さてと。今日はもうすることがないんだけど、寝る場所はどうしよっか。

私たちの馬車は、中にあるパーツを組み立てることで、二段ベッドみたいなものが作れる。最大で四人まで寝られる構造なんだけど、アイリちゃんを入れて、私たちは五人いるからね。

二つのベッドの上段は、既《すで》にウルルとクルルが使ってた。

明け方に警戒の順番が回ってくる二人は、さっさと寝てしまうことにしたっぽい。

となると下段なんだけど、アイリちゃんが既《すで》に寝て……って、起きちゃった。

「……ん、ぁ……」

「ごめんね、起こしちゃった？」

「……ううん……おねえさん、どぞ……」

うん？　アイリちゃんが自分の横をぺしぺし叩《たた》いた。これは、私にそこに入れってこと？　確かに、ちょっと詰めれば二人くらい入れそうだけども。

少し悩んでいると、ミュウがクスリと笑った。

「ミサキ、行ってあげたら？」

「……だね。お邪魔します」

少し窮屈《きゅうくつ》かもしれないと思って、できるだけ壁に寄って寝転がる。

そしたらなんと、アイリちゃんが私に抱きついて、そのまま眠ってしまった。

……か、可愛い……！

あどけない寝顔も、きゅっと私にくっつく仕草《しぐさ》も、もう全てが可愛い。妹がいたら、こんな感じなのかな？

慣れない馬車での睡眠だったけど、アイリちゃんの寝顔を見ているうちに、私も眠くなってくる。

思ったより疲れてたかな……なんて思う間もなく、私も眠りに落ちた。

翌朝、もそりとなにかが動く感覚で目を覚ますと、私の腕の中におさまって寝ていたアイリちゃんが起きたところだった。結局一晩中くっついていたらしい。

「おはよう、アイリちゃん」

「……おはよ……おねえさん……」

まだ若干寝ぼけてるアイリちゃんにぶつからないよう、慎重に起き上がる。ふと見ると、いつの間にいたのか、リコが私の枕元で寝てた。

明け方の警戒担当になっていたウルルとクルルはいない。ミュウも既《すで》に起きているらしく、使っていた場所は綺麗に片づけられていた。

すると、馬車の後ろの幕が開いて、ミュウが顔を覗《のぞ》かせる。

「あ、起きたんだね。朝ご飯できてるよ」

「ほんと？　ありがとうミュウ」

「えへへ、どういたしまして」

朝ご飯はミュウが作ってくれたんだ……昨日誰が作るか決めてなかったのに、さすがミュウ。そして、外からはいい匂いがした。……お腹減った。

「……ん、ふぁ……」

「起きてアイリちゃん、朝だよ」

「……ん……」

うーん、二度寝に突入したアイリちゃんはまだ起きないかな？　ちょっとつついてみたけど、くすぐったそうに身じろぎするだけだし。まぁ、多分そのうち起きてくるだろうから、いっか。

外に出て顔を洗ったら、完全に目が覚めた。

ちょっと辺《あた》りを見回すと、せっせと朝ご飯の支度《したく》をするミュウと、向かい合ってなにかしている男子たちが目に入った。

アレは……模擬戦《もぎせん》？　大きめの木剣《ぼっけん》を中段《ちゅうだん》に構えたケン君と、盾《たて》を持って半身《はんみ》に構えたマルコ。マルコの武器って見たことなかったけど、どうやら盾《たて》を使うらしい。

面白そうだからちょっと見てようかな。

「いつでもどうぞ、ケン」

「おう」

マルコへの返事と同時に地を蹴《け》るケン君。かなりの速さでマルコに迫《せま》って、剣を思いっきり振り下ろす。

対するマルコはちょっと盾《たて》の位置を変えただけで、ケン君の攻撃をサラリと受け流した。

マルコはそのまま回転するように体を捻《ひね》って、右手に持っていた木の棒を突き出す。

体勢が崩《くず》れていたケン君は、避《さ》けきれずに脇腹《わきばら》を突かれてしまう。

「ぐっ……」

「まだまだ甘いですよ。さぁ、次です」

「……おう！」

どんなにケン君が攻撃を繰《く》り出しても、マルコはしっかりと受け流す。

ダメージを受けるケン君を見てるとなんだか心が痛いけど、アレもきっと必要なことなんだろうから止められない。怪我《けが》をしなければいいけど……もし痛むようなら、私が魔法をかけてあげようか。

さて、お腹空《す》いたし、ご飯ご飯っと。ミュウが作る料理は初めてだから、ちょっと楽しみ。

「あ、美味《おい》しそう」

器《うつわ》によそわれた朝ご飯は、厚めに切ったパンを、野菜と一緒に煮込んだコーンスープだった。

「はい、どうぞ」

「ありがとう」

ミュウに手渡されたスープを口に運ぶ。

「……美味《おい》しい」

「よかったぁ……」

ミュウはホッとした様子。

ほんのり甘くてトロリとしたスープは、とても美味《おい》しかった。私が知ってるコーンスープは、スーパーとかで売ってる粉末にお湯を注《そそ》ぐタイプだけ。こんなに濃厚なスープは初めて食べた。

「どうやって作ったの？」

「結構簡単だよ？　コーンを茹《ゆ》でてすり潰《つぶ》して、味つけしただけだし」

サラッと言ったけど、なんだかすごい手間がかかってた。一回茹《ゆ》でたコーンみたいなもの、しかも日本で見たのよりだいぶ大きいサイズのやつを、粒《つぶ》がなくなるまですり潰《つぶ》すのは、口で言うほど簡単じゃない。

「それは簡単って言わないと思う」

「そうかなぁ……」

朝から地味に手の込んだことをするなぁ、ミュウ。

その後、コートン姉妹が警戒を終えて戻ってきて、朝ご飯を食べて二度寝に突入。

コートン姉妹と入れ代わりで起きてきたアイリちゃんは、リコを連れて席に着くと黙々《もくもく》と、けれども美味《おい》しそうにご飯を食べて、今はミュウのあと片づけを手伝ってる。

ケン君たちも模擬戦《もぎせん》を終えてやってきて、ミュウが作ったコーンスープに驚いていた。

ケン君は、やっぱりあちこち痛めていた。

無駄な怪我《けが》をしたことを私が少し怒ると、次はもっと気をつけると言われた。

ならばよろしい……模擬戦《もぎせん》は怪我《けが》をしてまですることじゃないから。

私がケン君たちにプチお説教をしていると、セシルさんが帰ってきて食卓についた。

その直後、森からルーカさんが飛び出してくる。夜通し不審者の追跡をしてたみたい……ちゃんと寝てるのかな？

「おや、ルーカも今戻ったのかい。どうだったか、聞かせてもらおうかね」

ルーカさんはセシルさんの隣に座ると、あたたかいスープの入った器《うつわ》を手に取った。

「まぁネ。色々わかったヨ」

ルーカさんは大きなあくびを繰《く》り返《かえ》す。それでもスープを食べる手は休めない……相当空腹だったらしい。

スープを平《たい》らげると、セシルさんは昨日の不審者についての情報を私たちにも聞かせる、と言って全員を集めた。ミュウとなんとか起きてきたコートン姉妹は、ルーカさんの話す言語に不慣れなので、私が通訳することに。

「まずハ、昨日のヤツは冒険者だヨ。それモ、一人で結構強イ」

「へぇ……アンタでもそう思ったのかい？」

セシルさんが驚いたような顔をした。ルーカさんは、首を縦に振る。

「うン。ワタシに気がついタ」

「そりゃあ手強《てごわ》そうだね」

なんでも、ルーカさんには〈隠蔽《いんぺい》〉っていうスキルがあって、それを使ってる間は気配が超薄くなるらしい。

夜の、それも木が生《お》い茂る森の中で、距離を取って追跡していたルーカさんに気づいた人は、相当気配を読める達人級……だそう。

「目的ハ多分、偵察《ていさつ》。追っかけタ先ニ、別のキャラバンがあったヨ」

「余計なちょっかい、かけてこないといいんだけどねぇ……」

「あっちノ規模ハちっさいシ、馬鹿じゃないなラ大丈夫」

なんだか物騒だなぁ……さらに詳しく聞くと、商人の中には自分と販売ルートの被《かぶ》ったキャラバンを、冒険者や盗賊を使って排除する過激派もいるらしい。幸い規模の大きい私たちは、襲撃される心配は少ない、とのことだけど……

「念のため、今日はミサキたちも荷馬車についてくれるかい？」

「「わかりました」」

私とミュウが頷くと、ウルルとクルルも元気よく返事する。

「はーい！」

「了解」

『荷馬車につけ』っていうのは、何台かある荷物だけが載《の》っている馬車を、一人一台護衛すること。

昨日みたいに、暇な旅とはいかなさそうだね。

「アタシとルーカ、ケンとマルコは馬だよ」

「うーイ」

「「はい」」

ケン君たちは昨日と同じ。敵に遭遇して危なくなったらすぐ動けるようにしている。

馬はウルルみたいな規格外を除《のぞ》いて、普通に走るよりも速いからね。

セシルさんは、キャラバンの代表を務めるナザリさんにも話しに行った。

マーキン商会なのに代表の苗字はエストーラさんなの？　ってセシルさんに聞いたら、

本来の代表であるテスラ・マーキンさんっていう人が、不在なのだと教えてもらった。理由は先に温泉街に行っちゃったから。そこで待ち合わせだそうだけど……それでいいのかな、代表って。

それからしばらくして、再びキャラバンが動き始めた。目指すはサーナリア王国随一《ずいいち》の温泉地、トーリア。

街全体が巨大な温泉街になってて、様々な温泉が湧《わ》き出る夢のような場所なんだとか。お風呂が大好きな私としては、早く行きたくて仕方がない。

早速《さっそく》、私は担当する荷馬車の荷台に座った。商人用の馬車と違って、荷馬車には座席がない。だからこうして、荷台に直接腰かけることになる。少し辛《つら》いけど、屋根がないから商人用の馬車より周りがよく見えるのは利点。奇襲に対応しやすいからね。

ちなみに、アイリちゃんとリコも一緒。アイリちゃんは一人で馬車に乗るのが怖かったらしく、リコを連れて私と一緒の馬車を護衛することになった。

「あのぉ……」

と、私が乗る荷馬車の御者《ぎょしゃ》さんが、控《ひか》えめに声をかけてくる。

「……乗り心地《ごこち》、悪くねぇですかね？」

「大丈夫ですよ」

「なんかあったら、遠慮なく言ってくだせぇ」

このやたらと気を遣《つか》ってくれる御者《ぎょしゃ》さんはナナさん。

名前だけ聞くと女性っぽいんだけど、れっきとした男性。気弱そうな顔で、小太りな体を縮めるようにして座っている。

「きょ、今日は荷物、ちゃんと固定しましたんで……！」

「キュキュ？」

「キュッキュ！」

そう、この人は王都を出発する直前、荷物を落とした馬車の御者《ぎょしゃ》だった人。隣でなにかを言っているリコに、ぺこぺこと頭を下げてる。言葉わかってるのかな……？

「……ふわぁ……」

まぁ、実際に荷物に潰《つぶ》されかけた張本人、アイリちゃんは全く気にしてないみたいで、あくびしてる。

確かに、アイリちゃんが腰かけている荷物はしっかり……やりすぎなんじゃ？　って思うほどがっちり固定されてる。揺《ゆ》すっても叩《たた》いてもびくともしない。

荷物が崩《くず》れる心配はないけど……別のことは心配。

肌寒いこの季節、屋根のない荷馬車で、アイリちゃんはずっと外にいるのが辛《つら》くないかな？　服は軽装みたいだし……私は冬用ローブを着てるから平気だけど。

「アイリちゃん、寒くない？」

「うん……だいじょうぶ……」

「そう？」

うん、微笑む顔も、無理してるようには見えない。

私はホッとしながら、少しだけ冷たい風を感じる。

私たちが乗っている馬車は、馬車列の丁度真ん中辺《あた》りにある。理由は、私が魔法使いなことと、一緒にいるリコの索敵《さくてき》能力を活《い》かすため。

一番先頭に近いのは、近接戦闘が得意で、なにがあってもすぐ対処できるウルル。

その後ろに、中距離に対応できて、ウルルのサポートもできるミュウ。

そして最後尾には、攻撃範囲の広いクルルが乗ってる。

クルルが乗ってる荷馬車だけは、荷物が載《の》ってない。予備の馬車なんだけど、昨日ケン君がラージボアを解体したときみたいに移動しながらの作業にも使えるんだよね。

クルル……作業できるからって、変なの作らないといいけど。

「キキュ？　キュッ」

しばらく進んだ頃、突然リコがきょろきょろし始めた。

「……どう、したの……？」

不思議な動きをするリコに、アイリちゃんも眉《まゆ》を顰《ひそ》める。

「キュッキュキュ！　キュ！」

「！　……ひと、いっぱい。うしろ……？」

「キュッ！」

人がいっぱい？　それって盗賊の類《たぐい》だったりする？　それとも別のキャラバン？　もっと詳しく知りたいけど、リコが教えてくれるのは断片的なものばかり。リコもよくわかってないのかも。まぁそれなら、確かめちゃえばいいんだよね。

「【エミスト】！」

これは、出発前にあらかじめ決めていた合図の一つ。

なにか気になることがあったときは、私が魔法で杖《つえ》を光らせる。

そうすれば、馬で並走するセシルさんたちが、それを見て近くに来てくれるの。今回はセシルさんとマルコが来た。

「セシルさん。リコが、後ろに人がいっぱいいるって言ってます」

私が言うと、セシルさんの目が鋭《するど》くなる。

「盗賊かい？」

「ごめんなさい、そこまでは……」

なんとなく、今朝《けさ》の話に出てた人たちじゃない？　って思ってるけど、憶測《おくそく》で言うわけにもいかないからね。馬車が走る道は平原が広がるばかりで、まだなにも見えないし。

「ふむ……一度見てみるかねぇ」

セシルさんが考え込むのを見ながら、マルコが口を開く。

「僕はケンと他の皆さんに伝えます」

「ああ、頼むよ……リコ、どっちだい？」

マルコは馬の速度を上げて、前のほうにいるケン君のところに行った。セシルさんはリコに方向を確認してる。

「キュッ！」

「あっちだね」

ビシッ！　と後ろを指すリコ。微妙にドヤ顔をしてる気がするんだけど。

セシルさんはそんなことを気にした様子もなく、リコが指したほうへと駆けていった。

……このままなにもないといいなぁ、と思った次の瞬間。

遥《はる》か後方で、真っ黒な煙《けむり》が上がった。

――……ドォォン……

そして、クルルの〔爆発水薬《バーストオイル》〕とよく似た爆発音が遅れて聞こえてくる。

「!!」

「キュ!?」

私とアイリちゃんとリコは、驚いて顔を見合わせた。セシルさんになにかあったのかもしれない。

同じく異常に気がついたケン君とマルコ、そしてルーカさんが猛スピードで後ろに駆けていく。通りがかりに、マルコが私に声をかけた。

「ミサキさん！　待機で！」

「！　わかった」

マルコはついでに手のひらを下に向けて、上から潰《つぶ》すようなハンドサインもしていった……アレが待機の合図かな。止まった馬車を見張っておいて、みたいな。

念のため、結界を出しておこう。ほら、備《そな》えあれば憂《うれ》いなし、っていうじゃない？

「【サンクチュアリ】！」

詳しい使い方がわかって、展開速度も上がった【サンクチュアリ】。

結界が弾《はじ》く対象を細かく設定できるから、今回は『悪意のある人と攻撃』にした。

これなら、既《すで》に結界の範囲から出てしまっていても、ケン君たちは入ってこられるはず。

そんな光る結界に、アイリちゃんが感嘆の声を漏《も》らした。

「……ほわぁ……綺麗……」

確かに、なんだか前よりキラキラと輝きを増したような気がする。

「ミサキー」

すると、ひょいひょい馬車の上を跳《と》んで、ウルルが私たちのところに来た。

「ウルル、なんでここに？」

一番前の警戒はどうしたの……放っぽってきちゃダメでしょ。

「結界が出たからねー。私、見なくていいと思ってー。説明はしてきたよー」

「……そっか」

確かに【サンクチュアリ】は、魔人の攻撃すら弾《はじ》く超性能だけど。いくら結界の説明してきたからって、それで終わりにしないでよ……護衛ってなんだっけ？　って思っちゃったじゃん。

そんな私の視線に気づいたのか、ウルルがバツの悪そうな顔をして……そして、ニッと笑った。

「私だけじゃないよー。ほらー」

「……うん？」

ウルルにつられて後ろを見ると、荷馬車から降りたらしいクルルが走ってくるところだった。

そして反対側からは、ウルルと同じように馬車の上を跳《と》んでくるミュウの姿が。戦闘はしてないのに〈身体強化〉のスキルを使ってるっぽい。

「意外と、遠い」

「着いたぁ！」

肩で息をするクルルに、満面の笑みを浮かべるミュウ……結局集合しちゃったよ。

自分の持ち場を離れて大丈夫なのかって聞いたら、皆口を揃《そろ》えて「ミサキの結界があるから平気」とか言うし。

あのね？　万が一ってこともあるんだよ？　私の魔法だって無敵じゃないし、結界を過信するのはどうかと思うんだけど？

「魔人より、強い、敵は、いない」

「そーだそーだー」

「あはは……わたしもそう思って……」

クルルがきりっとした顔で言い、ウルルが便乗《びんじょう》した。ミュウも同じ考えだったらしい。

まぁ、魔人より強い敵なんて、そう簡単に出てきたら困るんだけどね……魔人より強いなら、それはもう勇者並み。主《おも》に、一撃の威力がすごいって意味で。

——ドッパァァァァン！

とかなんとかやってたら、結界ギリギリのところで爆発が起きた。

「うぉわっ⁉」

大きな音に、思わず悲鳴を上げてしまう。

しかもこれ、ただの爆発じゃない。白い霧《きり》みたいなものが拡散してる。なんだろう、アレ？

「……おかあさんの、まほう……！」

私がそう思っていると、隣でアイリちゃんがぽそりと呟《つぶや》いた。

「え？　アレってセシルさんの魔法なの？」

「……うん……」

セシルさんって魔法使えたんだね……剣持ってたから、てっきり近接戦タイプかと思ってたよ。

……って、よく見たらセシルさんもケン君たちも、結界の近くまで押されてるし！

さらにその向こうには、見るからに怪《あや》しい集団がわらわらと……

なんかもう、私たちだけ見てるわけにもいかないね。

「ミュウ！　ウルル！　セシルさんたちの援護よろしく！　【シールド】！」

「まーかして！」

「うん！」

ドンッ！　と、凄《すさ》まじい速度で飛び出すウルル。ミュウも弓矢を構えて走り出した。

二人とも【シールド】がかかってるから、きっと攻撃を受けても大丈夫。

ただ、ここからじゃちょっと遠くて、ケン君たちに魔法が届かない。せめて、結界に入ってくれていれば……仕方ない。

「クルル、ここからでもスリングショット撃《う》てる？」

「ん、問題、なし」

「じゃあ、アイリちゃんをお願い。私も行ってくる」

コクリと頷くクルル。よし……アイリちゃんとリコをよろしくね。

さすがにバンバン攻撃が飛んでくる場所に、小さな女の子を連れていくわけにはいかないし。いくら冒険者だといっても、ちょっと危険すぎる。

「……がんばって……！」

「任せて、アイリちゃん！」

小さな声援を聞きながら、私は戦場に向かう。

【サンクチュアリ】はまだまだ持ちそうだから、私も思いっきり戦える。まずは、誰かが怪我《けが》してるかどうかはわからないけど、回復！

「……【ヒール】四連！」

「「ミサキさん!?」」

突然現れた私に、ケン君とマルコが驚いたような声を出す。

セシルさんとルーカさんはチラッとこちらを見ただけで、なにも言わなかった。ただ、少し笑みを浮かべてるから、いちゃダメってことじゃなさそう。

回復は終わり……次は盾《たて》！

「【シールド】！　……【シールド】！」

イメージが足りなかったのか、一度に全員に使うことができなかったので、二度唱《とな》える。

さっきから結構矢が飛んでくるし、あって困るものじゃないはず。

ウルルとミュウが加わったことで、セシルさんたちの勢いが増した。そんな皆が相手にしているのは、多分……いや絶対盗賊だと思う。

「ひゃっはぁぁ！」

「おらおらおらぁ！」

だって、前にいる男たちは、モヒカンとかスキンヘッドに厳《いか》つい顔、ちょっとボロっちい服を着ていて……思わずそれどこの世紀末？　って言いたくなるような人たちだったんだもん。

ただ、ヒャッハーしてるのにそれなりに強いのか、セシルさんやルーカさん……ウルルですら攻めあぐねていた。……というか、盗賊の近くまで行って、慌《あわ》てて距離を取ってる感じ。

なんで？　って思ってると、私の近くまで戻ってきたマルコが教えてくれた。

「ミサキさん、彼らはなんらかの魔法を使っています。体の周りに、風の刃《やいば》を纏《まと》っているとでも言いましょうか。迂闊《うかつ》に踏み込めば、こちらがズタズタにされます」

「うわ、えげつない」

思わず顔を顰《しか》めた私に、マルコは続ける。

「しかも、ウルルさんの戦斧《せんぷ》ですら弾《はじ》くほどの風圧です」

……盗賊が地味に強いんだけど。

ウルルの戦斧《せんぷ》を弾《はじ》くのなら、下手《へた》すると私の【シールド】に匹敵《ひってき》する防御力があるかも。

さてどうしたものか……あ、そういえば。

ちょっと忘れてたけど、相手が魔法を使ってるなら、私にも丁度いい魔法がある。

「ウルル！　もう一回攻撃してみて！　【リフレクト】！」

「？　はーい」

私は【リフレクト】という魔法をウルルにかけた。

この魔法……《魔獣暴走《スタンピード》》のときは効果がわからなくて保留してたやつだけど、今はしっかり把握してる。機会がなくて、まだ使ったことはなかったんだけどね。

「初めて聞く魔法ですね……一体どんな効果が？」

ふふふ……それは見ていればわかるよ、マルコ。盗賊の魔法がどれだけ強くても、問題はない。【リフレクト】も、他の魔法のようなチート性能を持ってるから。

「……そーいっ！」

ウルルは首を傾げつつ、戦斧《せんぷ》を思いっきり振り被《かぶ》って、体ごと回転するように横薙《よこな》ぎに払った。

そこで刃を立てない辺《あた》り、ウルルは優しいと言えるのかもしれない。……打撃力は跳ね上がるけど。

「「「ぐあぁぁぁ!?」」」

そして余裕の態度だった盗賊たちは、ウルルが繰《く》り出《だ》した一撃でまとめて吹き飛ばされた。こう……ボウリングみたいに見えたのは、私だけじゃないと思う。

「あれぇー？」

吹き飛ばしたウルルも、攻撃が当たったのが不思議そう。さっきまで弾《はじ》かれてたならそうだよね。まぁ……今のウルルの攻撃、実際には盗賊に当たってないんだけども。

「……ミサキさん、今の魔法は？」

「【リフレクト】っていうの。効果は……最初に当たった魔法を跳ね返す」

「な……そのような魔法が……」

だよねぇ、普通はそういう反応になっちゃうよね。

たった一発、されど一発。自分が撃《う》った魔法が跳ね返ってきたら、って考えると、マルコみたいに絶句してもおかしくない。

吹き飛ばされずに残った世紀末な盗賊たちは、ギギギ……と油が切れた機械みたいな動きで、戦斧《せんぶ》を眺《なが》めて首を捻《ひね》るウルルを見た。

【リフレクト】がかかったウルルが攻撃をすると、ウルルの受けた風の魔法が跳ね返る。今回跳ね返った魔法は盗賊たちが体に纏《まと》っていたものだから、自分自身が発動した魔法の風圧を受けて、吹っ飛んだってわけ。

ウルルの攻撃が直接当たったわけじゃないし、多分車に轢《ひ》かれたくらいのダメージで済んでるはず。これで当たってたら、今頃ひき肉みたいになってたかもね？

さて、飛ばされて呻《うめ》いてる人以外も、さっさと拘束《こうそく》しちゃおう。私は早く温泉に行きたいの。

「よし、じゃあ残った人も……」

――――ボフッ

「「「うぎゃあああああ!?」」」

……捕まえて、って言い終える前に、後ろから飛んできた袋が盗賊たちの目の前で破《は》裂《れつ》した。

中から出てきたのは、見覚えのある真っ赤な粉。

もこもこと広がる真っ赤な煙《けむり》に巻き込まれた盗賊は、叫びながらゴロゴロのたうち回る。

皆、目をこれでもかというほど擦《こす》っていて、中には咳《せ》き込む人もいた。

「……クルルかぁ……」

「……これ、懐《なつ》かしいね」

そんなこと言ってる場合じゃないかもしれないよ、ミュウ。風向きが変わると私たちまで危険だから。

そう、あれは以前、クルルが宿で撒《ま》き散らして大惨事《だいさんじ》になった粉。盗賊たちの辛《つら》い気持ちがわかるよ……どうせ今ので盗賊は全滅したし、さっさと引き上げよう。

するとなぜか、ゴーグルをかけ、布で顔を覆《おお》ったケン君が煙《けむり》の中に入って、盗賊たちを一人一人、縛《しば》って回っていた。

「ケン君、この人たちどうするの？」

「あー……放置はできないんで、次の街まで連れていきます」

「そうなの？」

私、盗賊なんて放置でいいと思ってたんだけど、どうやらそういうわけにもいかないらしい。

せっかく無力化したのに放置したら、復活してまた悪事を働くかもしれない。そうなったら意味がないので、街に連れていって然《しか》るべきところに引き渡すんだとか。

仮に戦闘で死んじゃった人がいて、その人を放置した場合はもっとめんどくさい。死体は魔獣を引き寄せる、最悪の餌《えさ》になるから。今回は全員生きてるから、それは考えなくていいのが救いかな。

作業を終えたのか、煙《けむり》の中からうっすらと赤く染まったケン君が現れた。

ケン君は大きく咳《せ》き込みながら、私に聞いてくる。

「げほっ……コレ、クルルさんのアイテムですよね？　ナニ入れたんすか？」

「さぁ……あ、それ早く落としたほうがいいよ。肌がピリピリしてくるから」

「マジすか……」

注意するの忘れてたけど、その粉がしばらく皮膚《ひふ》につくと、炎症《えんしょう》みたいなのを引き起こすんだよね。だからミュウとウルルは動かなかったんだよ。それ前に一回見てるから。セシルさんとルーカさんは、盗賊を運ぶ用の、空《から》の荷馬車を引っ張ってきてくれていた。どうやら、赤い粉で盗賊が倒れたのを確認してすぐに動いてくれたらしい……さすがベテラン。

「……盗賊についた粉って、このままでいいんですかね？」

時折呻《うめ》き声を上げる以外は微動だにしなくなった盗賊を、荷馬車にのせようとしたとき、ケン君がふと呟《つぶや》いた。セシルさんは少し考えてから、真っ赤になった盗賊たちを見てため息をつく。

「途中で騒《さわ》がれても面倒だし、落とせるなら落としちまおうかね」

「了解です……マルコ、おーい、マルコー？」

「……はっ!?　わかりました」

赤い粉の効果を目の当《ま》たりにして呆然《ぼうぜん》としていたマルコが、ケン君に呼ばれてハッと正気に戻る。

ていうか、マルコ？　粉を落とすのに、なんでマルコ？

「【ブロウ】」

って思ったら、なんとマルコが魔法を使った。そこそこ強い風が、ケン君と盗賊についた赤い粉を吹き飛ばしていく。マルコって、魔法も使えたんだね。風系かな？

無事、赤い粉を落とせたので、セシルさんとルーカさん、ケン君とマルコが盗賊を馬車にのせる。

盗賊たちは、ケン君とマルコが見張ることになった。馬に乗って護衛する人がその分減るけど、トーリアまではもうすぐだから問題ないと、セシルさんが言っていた。とりあえず、一件落着かな。

私たちが馬車に戻ると、渾身《こんしん》のドヤ顔をしたクルルがいた。

「クルルさん、背中が痒《かゆ》いんすけど……」

「ミサキに、魔法、かけて、もらえば？」

ケン君の文句もどこ吹く風。縛《しば》りあげられた盗賊を、クルルはクスリと微笑みながら見てる。

「……あは」

そして、クルルは小さく声を上げて笑った。

クルルの顔を見たミュウとウルルは、揃《そろ》って見なかったことにしようと、顔を逸《そ》らす。

それくらい、笑顔が真っ黒。私も見なかったことにした……ものすごく、恐怖を感じたから。

……少々遅れたけど、私たちはトーリアに向けてまた動き出した。夕方には着けるらしい。

温泉、楽しみだなぁ。

第五章　霊峰《れいほう》への旅路

「おぉ……硫黄《いおう》の匂い」

盗賊騒《さわ》ぎはあったけど、無事にトーリアに着いたキャラバン。

門をくぐった瞬間から、懐《なつ》かしい硫黄《いおう》の匂いが鼻をついた。

「んー、湯気すごいねぇ」

ミュウが驚いているのは、街中あちこちから噴《ふ》き出す湯気。

街並みはさすがに和風な感じではなかったけど、西洋風の温泉街もこれはこれで趣《おもむき》がある。

街を見回す私たちに、ナザリさんが声をかけた。

「じゃあ僕は先に行くよ……全く、どこに行ったんだ、テスラ……」

「あ、はい」

ナザリさん率《ひき》いるマーキン商会の皆さんは、ここで観光してるという本来の代表、テスラさんと合流するらしい。

ナザリさんはブツブツとテスラさんの愚痴《ぐち》を言いながら去っていった。ナザリさんたちを見送ると、セシルさんが口を開く。

「アタシたちはアレの引き渡しかねぇ……ケン、マルコ、付き合いな」

「「わかりました」」

「……ルーカ、逃げようとしても無駄だよ」

「……なぜばれタ」

捕まえた世紀末な盗賊たちは、この街にある衛兵《えいへい》の詰め所っていうところに連れていくらしい。

セシルさんとルーカさんはいいとして、ケン君たちも行くの？　って聞いたら、女だけだと盗賊が騒《さわ》ぐから、だそう。セシルさんが一発殴《なぐ》れば大人しくなるんじゃ……とか考えちゃったのは内緒。

そんなことを思っていると、セシルさんがこちらを振り返った。

「ミサキ、アイリをお願いできるかい？　アタシはこのあと旦那のところへ向かわなきゃならなくてね。それに、アイリもあんたといると楽しそうだ」

アイリちゃんのほうを見ると、小さく頷いてくれる。私も、アイリちゃんと一緒のほうが楽しい気がするよ。だから迷わず、セシルさんに「はい」と答えた。

そうなると私たちって暇なんだよね……

この街に滞在するのは三日間で、その間は私たち護衛の冒険者もお休み。つまり、思いっきり温泉を楽しめる。

早速《さっそく》温泉に行っちゃおうかな？　いや、その前に宿かな。

焦《あせ》らない焦《あせ》らない……まだ夕方で、時間はたっぷりあるんだから。

「宿ってどうするの？」

「んー……わたしもこの街初めてだからなぁ……」

さすがのミュウも、来たことのない街はどうしようもないか……コートン姉妹は？

「おまかせー。あ、これ美味《おい》しー」

「……ん」

うん、最初っから考える気もないらしい。近くにあった露店《ろてん》でなにか買って食べてる。

すると、ちょいちょいと袖《そで》を引っ張られた。振り向くと、なんだか困ったような顔をしたアイリちゃんと目が合う。どうしたのかな？

「……あ、あの……いいところ……しってる、よ？」

「ほんと？　すごいねぇ」

遠慮がちに教えてくれたのは、今一番ほしい情報だった。お礼に頭を撫《な》でてあげる。

「……ふあぁ……」

アイリちゃんはどういうわけか、私に頭を撫《な》でられるのを気に入ってるっぽくて、気持ちよさそうに声を上げる。

なので念入りになでなで……目を細める姿は、どことなくネコみたい。可愛いなぁ、もう。

「じゃあ案内してくれる？」

「……うん……！」

ひとしきり撫《な》でたあと私が聞くと、アイリちゃんは元気いっぱい頷いてくれた。

「ありがとう。……ウルル、クルル、行くよ」

買い食いはそのくらいにしてね。せっかくアイリちゃんが、私たちを宿に案内してくれるっていうんだから。

「はーい」

「ん、わかった」

「キュー」

ウルルとクルルの返事のあとに続いた、動物の鳴き声。なんでリコまで交《ま》ざってるの。

ちゃっかりクルルに買ってもらったらしく、リコは前足で器用に肉まんっぽいなにかを持っている。ネコみたいな形の足で、どうやって物を掴《つか》んでいるのか……本格的に気になってきた。あとでじっくり見せてもらおうかな。

「……ここ……」

アイリちゃんが連れていってくれたのは、こぢんまりとした宿。

「んー、落ち着いた雰囲気だねぇ」

ミュウの言う通り、派手さはないけど、ゆっくり休めそうなところだった。

早速《さっそく》中に入ってみる。確認したところ、四人部屋ならあいてるってことだったので、そこに決めた。四人部屋に五人はちょっと狭《せま》いかと思ったけど、馬車に比べれば全然余裕だった。

「温泉行くー？　私初めてなんだよねー」

「ん、興味、ある」

ウルルとクルルは、温泉そのものが初めてらしい。って、ミュウもか。うんうんと頷いてる。

さて、服は着替えたし、楽しみだったんだから行ってもいいよね？

というわけで、早速《さっそく》行きましょうか。

トーリア経験者のアイリちゃんの案内で、おすすめの温泉に行くことに。宿を出て、少し歩いただけで、あちこちに足湯とか、蒸気が噴《ふ》き出してる場所がある。それと屋台が多いのも特徴かな？　やっぱり観光客狙いなのかもね。

「おー！　でっかーい！」

「立派な建物だねぇ」

一つの建物の前で立ち止まると、ウルルは目を輝かせ、ミュウも目を見開いていた。

アイリちゃんが連れてきてくれたのは、街の中でも一際《ひときわ》大きい温泉施設。

ここを選んだ理由を聞いたら、多少値段は張るけど男湯と女湯に分かれてるから、だって。

トーリアでは、ほとんどの温泉が混浴だそう。細かい気づかいをしてくれたアイリちゃんには感謝だね。

中の構造は、私の記憶にある銭湯と似ていた。ただ、ロビーだけでもものすごく広い。

料金は一回入るごとに小金貨一枚。確かにいいお値段だけど、一回中に入ればあとは自由。

男湯の入り口には青いのれんのような布、女湯は赤い布が張られていた。そこは日本と同じでびっくりしたよ。

そして、なんとリコはオスらしくて、アイリちゃんが女湯に入れるのを渋《しぶ》った。ペット扱いでもいいんじゃないかな、って思ったけど、アイリちゃん的には譲《ゆず》れないらしい。

私たちがどうしようかと悩んでいると……

「あれ？　ミサキさん？」

「奇遇ですね。皆さんも温泉に？」

そこにタイミングよく現れたケン君とマルコ。リコをお留守番にするのは可哀想だし、ケン君たちに任せてしまえばいいんじゃない？

「丁度いいところに！　リコよろしく！」

「「え？」」

「キュ？」

半分押しつけるみたいにしたけど、あとはお願いね、ケン君。呆然《ぼうぜん》とする男子たちを残して、私たちは返事も聞かずに、女湯に逃げた。

……とまぁ、そこまではよかったんだけど、やっぱり日本と違うところは結構ある。

「湯浴《ゆあ》み着なんてあるんだ……」

入浴中は湯浴《ゆあ》み着を着るのが一般的だそう。

湯浴《ゆあ》み着は、タオルみたいな素材でできていて、貫頭衣《かんとうい》みたいな形をしてる。着てみたら、湯船に浸《つ》かっても大丈夫そう。髪はそのままでもいいらしいけど……一応結《ゆ》っておこうかな。

「おー、広ーい！」

「ん、壮観《そうかん》」

ウルルとクルルが、二重構造になってる扉を開けて中に入っていった。

そんなに広いのかな……って、おおっ！　予想よりも遥《はる》かにすごかった！

大きなプールみたいな浴槽《よくそう》がいくつもあって、それぞれ深さとか、どういう原理なのか泉質も違うらしい。さらには滝っぽいものやお湯が噴《ふ》き出る噴水みたいなものまで。

「うわぁ、すごい！」

私が感嘆の声を上げると、ミュウもきょろきょろと辺《あた》りを見回していた。

「お湯がこんなに……」

あー、温泉に来たって感じがするなぁ。時間のせいか偶然なのか、人は少ない。だから余計に広く感じる。

「……おねえさん……」

アイリちゃんが、ツンツンと私の湯浴《ゆあ》み着の裾《すそ》を引っ張る。

「うん？」

「……あっちで、さきにからだ……あらうの……」

あ、そこは日本と同じなんだ。一回体洗ってから入るマナー、みたいな。なら、今にも飛び込みそうなウルルたちを呼び戻さなくちゃね。……私が行くと滑《すべ》って転びそうだから、ミュウにお願いしよっか。

「ミュウ、ウルルたちを連れてきて。体洗わなくちゃ」

「うん！　わかった！」

石畳《いしだたみ》の床をステテテーッと駆けていくミュウ。

一体どうやってバランスを取ってるのか気になるけど、多分教えてもらってもできない。

それにしても滑《すべ》るなぁ……まるで石鹸《せっけん》かなにかが塗《ぬ》ってあるみたい。歩くときは気をつけないと。

で、シャワーっぽいものが設置してあるところに来たのはいいけど、使い方がよくわからなかった。王都にあったシャワーは、ボタンを押すとお湯が出たり止まったりするタイプだったけど、なんか違う。

「これ、どうやって使うの？」

「……ここ、おして……ひゅあっ⁉」

「アイリちゃん⁉」

アイリちゃんがシャワーの下についていた、タッチパネルみたいな部分を押すと、突然すごい勢いで水が出てきた。どうやらパネルの隣にあったバルブで水量を調節するらしく、たまたまそれが最大になってたっぽい。

「……くしゅっ！」

「大丈夫？　……あ、しばらくするとお湯になるんだ」

「……うん……」

温泉に来て風邪引いたら、元も子もないよ。ずっと水のままかと思ったけど、しばらく出しっぱなしにしてたらお湯になった。

なんと、このシャワーは一つ一つが魔道具なんだそうで、井戸の水をあたためているらしい……井戸水だから最初は冷たかったんだね。ちなみに王都のやつは、宿の人が沸《わ》かしたお湯を使ってたよ。

「うひゃあー！　気っ持ちいー！　それー！」

「ちょ、ウル……ひゃぁっ⁉」

なんだか後ろが騒《さわ》がしいね。ウルルが、シャワーをクルルとミュウに向けて遊んでるみたい。ミュウがそれを浴《あ》びて、小さく悲鳴を上げる。

「……加減、しろ、バカ」

クルルがウルルに鉄拳制裁《てっけんせいさい》を下《くだ》したから、多分これ以上は騒《さわ》がないと思うけど。あんまり遊ぶと迷惑だから、はしゃぎすぎる前に注意しておこう。温泉ではマナーよく！　あんまりはしゃがないようにね。

そして私は、アイリちゃんの髪を洗ってあげることにした。

アイリちゃんは私より長い銀髪だけど、髪質は驚くほどサラサラ。いいなぁ……サラサラヘアー。

「……ふぁ……」

「かゆいところない？」

「……だいじょうぶ……」

アイリちゃんが気持ちよさそうに答える。

それにしても、髪を洗うときに石鹸《せっけん》ってどうなんだろう。まぁ、シャンプーみたいなものがないから仕方ないんだけど。やっぱり微妙に髪が傷《いた》むんだよね……クルルにトリートメントかなにか、作ってもらおうかな？

一通り体を洗ったら、ようやく待ちに待った温泉へ。効能とか泉質とか色々書いてあるけど、とりあえず無難な……日本でも入ったことのある単純泉にしようかな。単純泉は刺激が少なくて、肌に優しいんだよね。

「ふぅ……あー、気持ちいい……」

肩まで浸《つ》かって足を思いっきり伸ばす……こうすると、より温泉に来たって感じがする。うーん……最高！　少し温度が高い気もするけど、ゆっくり足を伸ばせるならなんでもいい。

「わぁ……あったかいねぇ」

「……ふぁぁ……」

ミュウとアイリちゃんも同じ浴槽《よくそう》に入ってきた。

「あー……しゅわしゅわー」

ウルルが入ってるのは、えっと……炭酸泉？　いきなりソレに入るって、結構チャレンジャーだね、ウルル。

炭酸泉はシュワシュワと泡が湧《わ》いている温泉。この世界の炭酸泉は、なんだか日本の炭酸泉よりもしゅわしゅわ具合が強いような気がする。あんなにボコボコしてたっけ？　ジャグジーみたいになってるんだけど。

「ん……」

クルルは、見慣れない黄色の温泉に入っていた。なんだろうアレ……泉質は書いてないし。

初めて来たはずなのに、よくわからない温泉に入るコートン姉妹。あそこまでのチャレンジ精神は、私にはないなぁ……

と、隣に座っていたミュウが、なにかに気がついたように肌を撫《な》でた。

「んー……なんだかすべすべしてる？」

「へぇ……この温泉、アルカリ性なんだね」

「アル……？」

ミュウが首を傾げる。この世界ではまだ知られてないのか……私は慌《あわ》ててごまかした。

「そういう効果があるってこと」

お肌がすべすべになるのも、温泉の魅力《みりょく》の一つだよね。

日本でも、美肌の湯とかって言われて有名なところはたくさんあったし。ミュウは初めて入ったから、余計に効果を実感してるのかも。

「あっつー……」

それからしばらくすると、ウルルがのぼせた。お風呂に慣れてないと加減ができないんだよね……いつまでも入っちゃう。

「んー……気持ちいいけど、長くいられないなぁ……」

どうやらミュウものぼせてきたみたい。私はまだ余裕だけど……今日はこれくらいにしとこうかな。どうせあと二日はトーリアにいるんだし。

ということで浴場から出ると、ロビーに先に出ていたらしいケン君たちがいた。リコを預けたままだったの、今思い出した。

マルコは私たちの姿を見ると、なぜかどこかへ行ってしまう。

「キュー！」

リコがアイリちゃんの胸に飛び込んできた。

男湯でなにがあったのか、リコがすごくさらつやモフモフになってる。元々長くてふわふわしていた毛が、綿毛《わたげ》みたいになってるし。そしてその毛並みを自慢してるっぽい。

「……あついよ……」

「キュキュッ」

……湯上《ゆあ》がりのアイリちゃんには相手にされなかったけど。

そんなアイリちゃんとリコを眺《なが》めていると、ケン君が近づいてきた。

「……ミサキさん、結構長く入ってるんすね……」

「そうかな？　もうちょっといてもよかったけど」

「マジすか」

そんなに驚くことかな？　別に普通だと思うんだけど。これでも途中で出てきたし。

そこに、どこかへ行っていたマルコが、なにかを持って帰ってきた。

持ってるのは……瓶《びん》が入ったバスケット？

「皆さん、コレをどうぞ」

「コレって……まさか」

「アレですよミサキさん。温泉といえば、の」

ケン君がワクワクした様子で言う。

やっぱり……瓶《びん》に入った白い液体で、温泉といえば……そう、牛乳。

どこから持ってきたのかは知らないけど、日本っぽい文化がこの世界にあったことに驚いた。

「美味《おい》しー！　生き返るー！」

「んー……ひんやりしてて美味《おい》しい」

「格別。美味……」

これまた初体験の三人は大喜び。まぁでも、お風呂上《あが》りに飲む牛乳って、確かに美味《おい》しいよね。

アイリちゃんはなにも言わないけど、ほわりと笑顔を浮かべてる。

すると、ケン君がなにかを思い出したらしく、ポンッと手を打った。

「そういえば、さっきテスラって人に会いましたよ」

「テスラさんって、キャラバンの代表の？」

「そうです。多分そのうち出てきますよ」

あ、テスラさんは温泉に入ってるんだね。……ナザリさんは無事会えたのかな？　どんな人かわからないけど、話を聞く限りかなり自由な人みたいだから……ちゃんと会えてるといいけど。

「それじゃ、俺たちはこれで」

「しっかりと休んでください。トーリアはいいところですし」

ケン君とマルコは軽く手を振って帰っていく。

「あ、うん……」

なんだ、もう行っちゃうんだ。もっとお話ししても……と思ったけど、予定があるかもしれないから止められない。馬での移動で疲れてるだろうから、ケン君たちこそしっかり休んでね。

それからしばらく。そろそろ宿に帰ろうとしたとき、見覚えのある人が温泉から出てきた。

「……お？　いつかの嬢ちゃんじゃねぇか」

古傷がある厳《いか》つい顔、大きな体。そして私を嬢ちゃんって呼ぶおじさん……

「あ……あのときの！」

「冒険者になれたんだな。おめでとさん」

おじさんはニッと豪快《ごうかい》に笑う。間違いない。私が王城から追い出されて、一番最初に声をかけた人だ。こんなところで会うなんて思わなかったよ。

「観光か？」

「いえ、一応依頼で。セイクルまで行くんです」

「ん？　もしかしてマーキン商会の護衛か？」

え……なんでわかったの？　私まだ依頼で、としか言ってないんだけど。この街に来るキャラバンは多いって聞くし、ただの勘……ってことでもなさそうだけど。

「なんでわかったんですか？」

聞いてみたら、おじさんはフッと笑って胸を張った。

「そりゃ嬢ちゃん。なにを隠そう、俺がそこの代表、テスラ・マーキンだからよ！」

「「「ええええ!?」」」

この人がテスラさん!?　全く予想してなかったんだけど！

そりゃ確かに、初めて会ったときに商人だって言ってたけど、まさかキャラバンの代表だとは思わなかったよ。

テスラさんの見た目と職業のギャップに、ミュウたちも驚きを隠せずにいる。アイリちゃんは唯一驚かなかったけど……そっか、知ってるのか。

「護衛についた冒険者ってのは嬢ちゃんだったか！　頼りにしてるぜ？」

「よ、よろしくお願いします……」

「おう！　がははは！」

テスラさんはそれだけ言い残すと、ナザリを待たせてる……とか言って去っていった。人を待たせて温泉に入ってたのか、あの人。

やることまで商人っぽくないけど、それでも商会を持つだけの力はあるんだよね。人は見た目によらないなぁ。

「ミサキ、あの人と知り合いだったの？」

見た目が厳《いか》ついテスラさんが怖かったのか、ミュウが心配そうに言う。

「うん？　ミュウと会う前にちょっとね」

「そうなんだ……」

そんなに警戒しなくても、あの人結構いい人だよ？

ちょっと粗野《そや》な印象はあるけど、聞いたことは丁寧に教えてくれたし。

「？　あれで、商人？」

クルルはしきりに首を傾げてる。いまだにテスラさんが商人だっていうのに納得できないらしい。

私も人のこと言えないけど、それ本人の前で言っちゃダメだよ？

「強そーな人だねー」

「……おじさん……こわい……」

ウルルは着眼点がズレてるし、アイリちゃんはリコで顔を隠して震えてる。

確かに強そうな見た目ではあるけど、ケンカ売ったりしないでよね……なんか心配だなぁ。

アイリちゃんだって、初対面じゃないはずなのに。テスラさんみたいな強面《こわもて》おじさんは苦手なのかな？

「悪い人じゃないから、多分大丈夫だよ」

「……うん……」

私が言うと、アイリちゃんは小さく頷いた。

「キュッキューイ！」

それにほら、もし悪い人ならリコが黙ってないと思うし。今までなにも言わなかったたってことは、テスラさんはいい人なんだよ、きっと。あれこれ言っても、結局旅してる間は一緒なんだし。

そして、もうすっかり夜なんだよねぇ……時間が経つのは早い。

「……さて、宿に帰ろっか」

「うん！　そうだね」

「……うん……」

私が言うと、ミュウとアイリちゃんが頷いてくれた。

そういえば、そろそろご飯の時間だよね。トーリアのご飯ってどんなだろう？　ちょっと気になる。

「おー。ご飯なにかなー？」

「ん、お腹、減った」

「キュイー」

ウルルとクルル、リコもご飯が気になるみたい。

コートン姉妹はさっきまで買い食いしてたのに、まだ食べるの？

まぁ私も、ここに滞在する三日間は、思いっきり楽しむつもり。温泉に食事、露店《ろてん》巡りもするつもり。

なんだかすっかり観光気分だなぁ……まぁ、こういうのもたまにはいいよね。

そして三日後。

三日間なんてあっという間だったよ。

温泉は最高だったし、ご飯も美味《おい》しかった。まだ旅の途中なのはわかってるけど、できればずっとここにいたいって思っちゃっても仕方ないよね。

「あぁ……離れたくない……」

「旅の途中だからダメだよ……」

出発の朝になって私が駄々をこねると、ミュウはクルルに指示して私を運ばせた。意外と容赦《ようしゃ》ないなぁ、ミュウ。

力持ちのクルルに敵《かな》うはずもなく、私は簡単に馬車に押し込まれて、キャラバンは何事もなかったように出発した。……仕方ない、真面目にやろう。

アイリちゃんが寝始めたので、起こさないように私はミュウに聞く。

「ミュウ、次の目的地まではどのくらい？」

「んー……今日の夕方には村に着くんじゃないかなぁ」

「そうなの？」

なんだ、意外と近いんだね。てっきりまた野宿かと思ってたけど。

でも考えてみれば、隣の村とか街が遠かったら、交易とかすごく大変だよね。今の私たちみたいに。周りに……というか近くに街がない王都が特別なのかも。王都の周りは森や草原しかないからね。

すると、クルルがハッと顔を上げた。

「ん？　なんで、私たちは、荷馬車に、いる？」

そう。私たちはまた屋根のない荷馬車に乗るよう、セシルさんに指示された。今回は皆一緒の馬車だけど。

「また盗賊ー？」

「んー……こんなところにいるのかなぁ……」

ウルルがうんざりしたような声で盗賊に襲《おそ》われる心配をしたけど、ミュウは周りを見渡して首を傾げる。

というのも、私たちが今通っている場所は、草が少ない丘陵《きゅうりょう》地帯《ちたい》だから。

大きい岩はゴロゴロと転がってるけど、人が隠れられるようなサイズじゃないし、見通しもそれなりにいい。襲撃を仕掛けるには不向きなのが、私の目から見ても明らか。

盗賊が出る可能性が低いなら、出発したときの屋根つき馬車でいいんじゃない？　って思うけど……

「あーでも、あの盗賊は襲《おそ》ってきたっけ……」

結局あの盗賊については、セシルさんもケン君も、「気になることがある」とだけ言って、なにも教えてくれなかった。私たちも気になるんだけどなぁ……一体なにがあるのかな。

……って、うん？　今、視界の端っこでなにか動いたような……気のせいだったらいいけど。

「気のせいかな……リコ、起きて」

「……キュ？」

「ミサキ、どうしたの？」

一応、リコとミュウに確認してもらおう。じっくり見ても岩と土しか見当たらないけど、万が一ってことはあるからね。

「リコ、ミユウ、あの辺になにかいない？」

「キュ？　……キュキュ！」

「んー……えっ⁉　うそ⁉」

辺《あた》りを探《さぐ》り始めたミュウたちが、焦《あせ》ったような声を出す。やっぱり、気のせいじゃなかったかぁ……めんどくさい。

「【エミスト】！」

私は警告用の魔法を使った。少し離れたところにいたウルルが、首を傾げて立ち上がる。

「魔獣ー？　いなくなーい？」

そう言うのんびりしたウルルとは正反対に、ミュウが真っ青になって慌《あわ》ただしく弓を構えた。

「いいい、いっぱいいいるよぉ！」

……たくさんいたのは予想外だった。ミュウたちが焦《あせ》ってたのはそのせいだったんだね。

ウルルが見つけられないのも無理はない。私が気づいたのも偶然だからね。

すぐに馬を走らせてきたマルコとケン君も、訝《いぶか》しげな表情。気がついてないのかな。

「ミサキさん、魔獣はどこに？」

マルコが尋ねてくる。私はすぐ近くを指した。

「そこらの岩。……アレ、魔獣だった」

「なんと!?」

私が呟《つぶや》くと、マルコが目を見開く。バッと全員が辺《あた》りを見回した。

既《すで》に魔獣の存在に気がついてるミュウとリコは、わたわたしながら準備をしてる。

っていうかリコ、寝てるアイリちゃんの髪の毛引っ張らないの。もっと優しく起こしてあげてよ。

そんな私たちの騒《さわ》ぎに気がついた……のかどうかはわからないけど、ただの岩だと思っていたそれが、一斉に動き始める。岩っぽい魔獣の上部分がぱかっと開いて、そこから真っ赤な触手《しょくしゅ》みたいなのが無数に出てきた。さらに下から同じ色の足が生《は》えてきて、のしのしと近づいてくる。

それを見たウルルが叫んだ。

「うわー！　なんか生《は》えたー!?　気持ち悪ぅー！」

「……ひぃっ……」

どんどん増えていく魔獣の、大変気味の悪い姿を起きてすぐに目撃しちゃったアイリちゃんは、短い悲鳴を上げて私のローブに顔を埋《うず》める。

「うぉわ!?　だ、大丈夫？」

相当ショッキングだったっぽい。アイリちゃんは私にしがみついたまま離れようとしない。

「なに、あれ。キモい……」

「ひゃあっ!?　こっちにもいるぅ!?」

クルルが嫌悪感を隠そうともせず呟《つぶや》くと、ミュウが反対側を見て悲鳴を上げる。

いつの間にか私たちは、謎の魔獣に囲まれてしまったらしい。

御者《ぎょしゃ》さんや商人たちが騒《さわ》ぎ始め、馬車は急ブレーキをかけて止まった。

馬車が止まったのなら、結界を張っても大丈夫かな。結界は張ったところから動かせないから、私としては好都合……さぁ離れて！　変な魔獣！

「【サンクチュアリ】！」

「キュッキュー！」

リコが拍手っぽい動作をする……手、届いてないけど。

「ありがとぉミサキぃ！」

ミュウに至っては目に涙を浮かべてるし。そんなにアレ苦手だったんだね。

私は蜘蛛《くも》とかじゃないなら大丈夫。アレは足じゃなくて触手《しょくしゅ》だし。……言い訳なんかじゃない。

「ミサキ、いい判断だね」

「でかしタ！」

馬車を見て回っていたセシルさんとルーカさんも合流した。

ほんのわずかな時間で、【サンクチュアリ】に大量の謎魔獣がへばりついてる。結界がなかったら今頃は大変なことになってたかも。

「というかセシルさん、アレなんですか？」

あんな魔獣、見たことないんだけど。ミュウやクルルも知らないみたいだったし、セシルさんなら知ってるかな？

「パラライズボア。旅人殺しさ」

「擬態《ぎたい》ガ超うまくテ、冒険者でモ気がつけなイ。厄介者《やっかいもの》だヨ」

パラライズボア……ボア？　えっ⁉　あれイノシシだったの⁉

あんなにによろによろなにかが生《は》えてるのに？　足が生《は》えた二枚貝……それかイソギンチャクっぽい見た目してるのに？

「アイツの触手《しょくしゅ》には触《ふ》れちゃいけないよ。強い麻痺《まひ》毒があるからね」

「痺《しび》れてルうちニ、生きたまマ食べられルル。悪夢だヨ」

セシルさんとルーカさんがため息をつきながら言った。

「うわぁ……」

ちょっと想像しちゃった……確かに悪夢だね。

そして今の話を聞いて、ミュウ、ウルル、クルル、アイリちゃんが完全に戦意をなくした。ミュウとアイリちゃんに至っては、プルプル震えて蹲《うずくま》っちゃったんだけど。

どうしよう……魔獣と戦える人数が少ない。

「……ミサキさん、【シールド】で麻痺《まひ》毒って防げますか？」

ケン君が期待をこめた目で聞いてくるけど、私は首を横に振る。

「無理。直接の攻撃しか防げないよ」

「マジすか……」

マジだよ、ケン君。私の【シールド】は物理的なダメージは防げるけど、毒とか魔法、光とかのダメージは受けてしまうんだよ。

一応、解毒《げどく》の魔法はあるけど、いちいち詠唱《えいしょう》しなきゃいけないから効率が悪い。

だとすると、直接戦闘をするウルルとルーカさんは戦えない。

ミュウとクルルは遠距離攻撃ができるけど、この状態じゃ無理そう。

リコはアイリちゃんに抱かれてて行動不能……

「となると……魔法で倒すしかないのかな？」

残った人は、全員魔法が使えるはず。かなり魔獣の数は多いけど、攻撃手段が他にないんだから仕方がない。

「なら擬態《ぎたい》用の外殻《がいかく》を引っ剥《ぺ》がさないとねぇ。ヤツら、魔法に耐性があるからね」

「すごク硬いかラ、手加減ナシだヨ」

……外側って擬態《ぎたい》用の殻《から》だったんだね。

まぁでも、魔法耐性があるっていっても、多分私の【フォトンレイ】なら貫通するはず。

マルコの攻撃魔法がどんなものかは知らないけど、ケン君は強力な魔法を使える。

そしてセシルさんも、爆発を起こす魔法を使えるのは知ってる。

これだけ魔法を使える人がいれば、パラライズボアの群れだって問題ないでしょ。

「ケン、援護します」

「サンキュ！」

マルコがケン君に声をかけると、二人は馬から下りてパラライズボアに向かって走り出す。

あれ、マルコの魔法は支援系かな？　どこから出したのか、手には短杖があった。ケン君と模擬戦《もぎせん》をしていたときは盾《たて》を持ってたけど、今回は使わないで、ケン君の援護に専念するつもりらしい。

まず動いたのはケン君。

「【バースト】！【クロウルフレイム】！」

あ、これは《魔獣暴走《スタンピード》》のときの、炎《ほのお》の魔法。

突然火だるまになるのは見てるこっちが怖いから、使うときは教えてって言ったのに……

「【ブーストストーム】」

ケン君が炎《ほのお》を纏《まと》うと、すかさずマルコが魔法を使った。

その途端、ケン君が纏《まと》う炎《ほのお》の火力が跳ね上がって、ちらちらと青い色が混ざる。

なにあれ……近づいただけで焼き尽くされそう。

「うおぉぉぉ！　【フレイムエッジ】！」

岩みたいなイノシシに突撃したケン君は、そのまま次の魔法を放った。

体に纏《まと》っていた炎《ほのお》を全て集めて、燃え盛《さか》る剣を勢いよく振り下ろす。

「わっ……」

私が強力な熱風《ねっぷう》に目を細めて、次に開けたときには、ケン君の前にいたイノシシが消えていた。

……外殻《がいかく》は魔法耐性があって、硬いって話じゃなかったっけ？　ケン君が跡形もなく綺麗に燃やし尽くしてるんだけど。

というか若干地面が赤く溶けてるし、一体どんな威力なの？　どう見てもオーバーキルじゃん。

「やるねぇ、さすが勇者。さて、アタシもやろうかねぇ」

もうケン君一人でもいいんじゃないかと思ったけど、セシルさんは参加するみたい。

「援護ハいるカ？」

「いらないよ！」

ナイフを構えたルーカさんが問いかけたら、不敵な笑みを浮かべてセシルさんは断り、走り出す。

「ははっ、食らいな！　【エクスプロード】！」

――――ドゴォオォン！

セシルさんが詠唱《えいしょう》すると、大きな爆発が起こる。

すごい……なんて攻撃範囲の広さ。【サンクチュアリ】がなかったら、私は爆風で吹き飛ばされてたかもしれない。

でもそれはセシルさんも同じのようで、魔法を放った直後に防御姿勢を取っていた。

まさか自爆覚悟で撃《う》つ魔法だったとは。

吹き飛ばされたイノシシは、外側の岩みたいな殻《から》が取れている。なるほど……触手《しょくしゅ》の一部で殻《から》を支えて、盾《たて》みたいな感じで纏《まと》ってたんだ。触手《しょくしゅ》、体中に生《は》えてるとは思わなかったよ。さすがにちょっと気持ち悪い。

「まだまだぁ！　【インフェルノ】！」

「「「ピギャッ⁉」」」

私が余計なことを考えてるうちに、セシルさんがイノシシを焼き尽くした。
極太《ごくぶと》の火炎放射みたいな感じで、イノシシは文字通り消し炭に。
しかも、そのまま薙《な》ぎ払うように手を動かして、放射状に炎《ほのお》を撒《ま》き散らすセシルさん。
ケン君とセシルさんはたった二人で、【サンクチュアリ】に纏《まと》わりつく魔獣の三分の一を倒した。圧倒的すぎる強さ……私の出番はないかな？

「さ、次はミサキの番だねぇ」

なんて思ってたら、セシルさんから声がかかった。

「え、私もやるんですか？」

「攻撃できるんだろう？　ちょいと見せとくれよ」

誰だ、私に攻撃魔法があるって教えたの……あ、ケン君が顔を逸《そ》らした。もう、誰かに話すなら許可くらい取ってよ。はぁ……仕方ない。

ここは【フォトンレイ】にひと手間加えて、新しく考えた技を見てもらおうかな。ぶっつけ本番だから、成功するかはわからないけどね。

「【リフレクト】三連！　【フォトンレイ】！」

――ガガガガガッ！

「「「ピギィィィッ!?」」」

パラライズボアが驚いたような声を上げる。よかった、うまくいった。

【シールド】と同じく、離れたところにも出すことができる【リフレクト】の特性を活《い》かした技。

貫通力の高い【フォトンレイ】なら、途中で魔獣に当たってもそのまま突き進む。

でも一回当たっただけだともったいないから、光の先に【リフレクト】を出して、反射させて何度か当てれば、複数回攻撃できる。

「……マジかよ」

ケン君がなんだか驚いてるけど、結構いい感じにできたんじゃないかな？

「やるじゃないかミサキ。いい魔法だねぇ」

セシルさんが褒《ほ》めてくれたので、素直にお礼を言う。

「ありがとうございます」

「組み合わせて使う魔法なんて珍しいモノ、よく使いこなせてるねぇ」

そう言われましても……これしかスキルを知らないから、他のスキルだとどうなるのかわからないんだよね。

「……ミサキさんのレーザーって、《魔獣暴走《スタンピード》》のときは一直線じゃなかったですか？」

さっきの詠唱《えいしょう》が聞こえなかったのか、ケン君がわざわざこっちに来た。

「そうだよ。だから曲げたの。ていうか、よく覚えてたね」

「曲げた……そうすか。……ミサキさんを怒らせないようにしねぇと……」

「うん？　なんて言った？」

「なんでもないです！」

ぼそぼそとなにかを呟《つぶや》いたケン君。小さすぎて聞き取れなかったから、なんて言ったか気になったんだけど……逃げられた。私に聞かれたくないことだったらしい。

「ケン、残りも片づけましょう！」

「お、おう！」

「さて、アタシももう一丁やってくるかねぇ」

……もう十分だよね？　マルコにケン君、それにセシルさんがいれば、パラライズボア相手じゃ戦力過剰《かじょう》だと思う。私は【サンクチュアリ】の様子でも見てよっと。どうせすぐ終わるだろうし。

それから数分。結界に張りついていたパラライズボアは、一匹残らず討伐《とうばつ》された。岩だと思っていたものがなくなった分、周囲の景色はだだっ広い荒野になってる。

……ケン君たち、普通の岩も破壊しちゃってるし。見晴らしがとってもよくなったよ。

「ふぅ……こんなもんかねぇ」

「もう魔獣はいないようですね」

セシルさんとマルコは、爽《さわ》やかに額《ひたい》の汗を拭《ぬぐ》った。

「……ぜ、全力でやりすぎた……」

一方で、ケン君だけは疲れてる。そりゃ、あれだけ高威力の魔法を連発したら、いくら勇者でも疲れるに決まってる。そこまで本気にならなくても、多分問題はなかったよ？

私は途中から観戦してたからね。

「……お、終わった？」

「終わったよ、ミュウ。もういないって」

「はぁ……よかったぁ……」

戦闘中は目を閉じて蹲《うずくま》っていたミュウが復活した。ウルルとクルルもホッとした顔になってる。

余裕だったとはいえ、少しは手伝ってくれてもよかったんだよ？

皆パラライズボアがよっぽど苦手だったらしい。いつもは倒した魔獣を回収するクルルも、今回ばかりは動かない。

一応、私が倒した魔獣は消し炭にならずに残ってるけど……回収しないほうがいいかな。

って思ったら、ルーカさんがちょいちょい、と私の肩を叩《たた》いた。

「なァミサキ、アレもらってモいいカ？」

ルーカさんが指すのは、そのパラライズボア。

「へ？　構いませんけど……」

「ありがとウ。麻痺《まひ》毒ハ便利なんダ。セシルは残しテくれなイけド」

アレをどう使うのかと聞くと、麻痺《まひ》毒をナイフに塗《ぬ》って使うらしい。そうすると、少し掠《かす》っただけで痺《しび》れる危険なナイフになるんだとか。うっかり自分に刺さないようにしてくださいね。

魔獣をあげるのは構わない、というかぜひ持ってってもらいたい。

「……おねえさん……」

気を取り直してそろそろ出発……っていうところで、アイリちゃんが背中に抱きついてきた。

「うぉわ!?　どうしたのアイリちゃん」

「……こわかった……」

パラライズボアが相当怖かったようで、うるうると目に涙を浮かべてる。

「大丈夫。もういないから」

「……ほんとう……？」

「ほんとほんと。ほら、見てみて」

私に言われて辺《あた》りを見回したアイリちゃんは、魔獣が綺麗さっぱり消えていたので安心したらしく、コクリと頷いて笑顔になった。……私が倒したやつは、ルーカさんがいい感じに隠してくれてた。

これで一安心かと思っていたら、アイリちゃんがちょっと怒った顔をする。

「……リコ……おしおき……」

「キ、キュ？」

アイリちゃんの髪を引っ張って起こしたリコには、アイリちゃんのおしおきが待っているみたい。……リコのおやつがしばらくなくなるんだって。

それを聞いたリコはこの世の終わりみたいな顔をしてたけど、なんとも可愛らしいおしおきだった。


それから一週間後。

パラライズボアの大量出現なんてトラブルはあったけど、ほぼ予定通りに旅は進んである。

アレ以降は魔獣もほとんど出てこなかったからね。

途中の村や街も、他と比べると壁が低かったり、そもそもなかったり……もしかしたら、この辺《あた》りは魔獣が少ないのかも。

ただ、日が経つにつれて徐々に標高が高くなっているらしく、気温がどんどん下がってきた。

しかもしょっちゅう霧《きり》がかかるせいで、見通しが悪い。そろそろ霊峰《れいほう》が近くなってるはずなのに、そのせいでどこにあるのか全くわからない。

今日も朝から濃い霧《きり》がかかってて、馬車の進みもかなりゆっくり。次の目的地はいよいよセイクルなんだけど、今日中に着くかどうか怪《あや》しいらしい。しばらくは見張りのために荷馬車に乗っていた私たちだけど、寒さが厳《きび》しいので、屋根つきの馬車での移動の許可が出た。

「……寒ーい……」

「中に入ればいいのに。あったかいよ？」

「そうするー……」

いつもは御者台《ぎょしゃ》に座っているウルルも、今日はさすがに寒すぎたらしく、大人しく馬車の中に入ってきた。外で馬に乗ってるケン君たちには申し訳ないけど、出入り口をぴっちり閉めた馬車の中は結構あたたかい。

そんな馬車の中では、私がクルルに作ってもらったトランプで皆が遊んでる。

「ん、上がり」

「……クルルさん……つよい、です……」

「ふっ」

今はババ抜きをしていて、一番に上がったクルルがアイリちゃんにドヤ顔をしてる。

もちろんトランプなんてこの世界にはなかったんだけど、一回ルールを教えたら、あっという間に皆ハマった。

特に強いのはクルルで、手札が表情に全く出ないから、心理戦では敵《かな》わない。

逆にわかりやすいのがミュウとアイリちゃん。ババを引いたときなんかは、すごくわかりやすい。

……それにしてもこのトランプ、地味にクオリティ高いね。

ジョーカーの柄《がら》がリコなのを除《のぞ》けば、日本のものと遜色《そんしょく》ない出来栄《できば》え。さすがクルル。

結局勝負はミュウとアイリちゃんの一騎打《いっきう》ちになり、アイリちゃんの勝利で終わった。

負けたミュウは悔《くや》しそう。

「キュッキュ！　キュッ！」

任せろ！　とでも言いたげな感じで立ち上がるリコ。

一度アイリちゃんがリコを使ったカンニングをしたから、また手助けしようとしてるみたい。リコの言葉がわかるアイリちゃんだからできた裏技だけど、ズルはいけない。

「んー……リコを使うのは反則だよ……」

「キュ⁉」

今回ビリだったミュウは、リコに頼るつもりはないらしい。

「ミサキさーん、聞こえてますー？」

そのとき、馬車の外からケン君の声が聞こえた。少しくぐもってるけど、会話できないほどじゃない。

「聞こえてるよ。どうしたの？」

「そろそろ休憩だそうです。この辺めっちゃ寒いんで、外出るときは厚着で」

「うん、わかった。ありがとう」

わざわざ伝えに来てくれたらしい。ずっと馬車に乗ってると肩がこるし、一度降りてみようかな。外がどうなってるのかも気になるし。

しばらくすると馬車が止まったので、ケープを羽織《はお》って外に出る。ミュウも一緒に出るっぽい。

おっと……ここって上り坂の途中、っていうか山道？

歩きづらいけれど、目の前に広がる景色に、私は思わず感嘆した。

「う、わぁ……」

吐く息が白くなるほどの寒さだけど、濃くかかっていた霧《きり》はいつの間にか晴れていて、遠くまでよく見渡せる。

その中で圧倒的な存在感を誇《ほこ》るのが、高くそびえる霊峰《れいほう》。雲がかかって頂上は見えないけど、真っ白ですごく綺麗。

「綺麗……あれが霊峰《れいほう》……」

私もミュウも言葉をなくしていた。

「すごいですよね、アレ……さすが霊峰《れいほう》っていうだけはありますね」

ケン君がそう言いながら近づいてきた。隣にはマルコもいる。二人とも分厚いマントを羽織《はお》っていた。少し動きにくそうだけど、寒さ対策はしっかりしてたんだね。

「セイクルまではあと少しです。もう見えていますよ」

「うん？　あ、ほんとだ」

マルコが指した先には、確かに小さく街が見えた。

私たちがいるところのほうが標高が高いらしく、若干見下ろす感じになる。

どうやら私たちは山を一つ越えた辺《あた》りにいるようで、ここからは下《くだ》りになってるみたい。

「ただ、近いように見えますが、まだ距離があります」

マルコの言葉に頷きながら、ケン君が続ける。

「でも下《くだ》りなんで、結構早く着くと思いますよ」

そして「魔獣が出なければ」とか物騒なことを付け加えた。

やめてよ、現実になったらどうするの。こんな不安定な場所で魔獣と戦いたくないんだけど。

……なんて心配もしてたけど、それからもう一度休憩を挟み、私たちは霊峰《れいほう》の街セイクルに辿《たど》り着いた。魔獣も出てこなくて一安心。

「ここがセイクル……綺麗な街だね」

「雪が積もってるのに、屋根の色が見えるねぇ」

私に続いて馬車から降りたミュウが、そう言って街を眺《なが》めている。

セイクルの街並みは、昔写真で見たアルプスに似てる。

色とりどりの屋根に、落ち着いた雰囲気のレンガでできた建物。雪が積もってるのに、なんだかお花畑みたいにも見える。こういう雰囲気、私は好きだなぁ……なんだか落ち着くよ。

「いえー……さっむぅー!?」

「……寒っ」

ウルルは興奮した様子で飛び出してきたけど、上着を着忘れて出たらしくすぐ戻っていった。

クルルは単純に、寒いのが苦手なんだろうけど……霊峰《れいほう》に登るときはどうするんだろう。絶対ここより寒いよね？

と、そんな私たちの前にセシルさんとマルコが現れた。ケン君はいない……馬のお世話かな？

「皆さん、お疲れさまでした」

マルコが労《ねぎら》ってくれたあと、セシルさんが微笑む。

「お疲れさん。楽しかったよ」

キャラバンの護衛はこの街で終わり。ここに一週間ほど滞在したあと、マーキン商会は王都へ引き返すらしい。私たちはここに残って、霊峰《れいほう》で聖剣探しをする。

「……おねえさん……」

「キュウ……」

「そっか、アイリちゃんとはお別れなんだ……」

今にも泣き出しそうなアイリちゃんが、私のローブをぎゅっと握る。

セシルさんのパーティーに入っているアイリちゃんとは、この街でお別れすることになる……すっかり忘れてたなぁ。

「……いかないで……おねえさん……」

「ごめんねアイリちゃん。行かなきゃいけないの」

「……やだぁ……」

うーん、とうとう泣き出しちゃったか。私はしゃがんでアイリちゃんに目線を合わせた。

「お別れといっても、永遠にじゃないでしょ。お互いに無事なら、いつかまた会える。それに、私たちはまだここに留《とど》まるよ？　さすがに、着いてすぐに山登りなんてできっこないし。準備の時間は必要だから。この街にいる間はうんと遊ぼう？」

「……ほんとう……？」

「うん、だから泣かないの。ほら笑顔！　ね？」

むにっとアイリちゃんのほっぺたを押し上げて、笑顔の形を作る。しばらくムニムニしてたら、ようやくちゃんと笑って答えてくれた。

「……うん……！」

一応、チラッとマルコに目配せしたら頷いてる……ってことは、やっぱりすぐには行かないらしい。何日いられるかわからないけど、可能な限り一緒にいてあげよう。泣いてお別れなんて、嫌だもんね。

すると、セシルさんが苦笑しながら私たちを見ていた。

「ここまで懐《なつ》いたのかい……ミサキ、アタシより母親に向いてんじゃないかい？」

「……なんてこと言うんですか、セシルさん」

「ん、ミサキ、ママ……」

「クルルまで⁉」

私、そんなにお母さんっぽいの？　まさか本物の母親にまで言われるなんて……冗談だよね？

アイリちゃんが私に懐《なつ》いてくれたのは嬉しいけど、それはお姉さんとしてだから。決してお母さんじゃない……はず。

「キューイキュッキュ！」

「はいはいわかったよ。おいで」

「キュー！」

リコが、自分も撫《な》でろとばかりにぶつかってくるので、思いっきりモフモフしてあげる。

その結果……右手にアイリちゃん、左手にリコがおさまった。

なんだろうコレ……動けなくなっちゃったんだけど、いつまでやってればいいのかな？

「楽しそー。私も交《ま》ぜてー！」

「うぉわ!?　ちょっ、ウルル!?」

さらにウルルが背中に飛びついてきたことで、状況はよりカオスに。……もう全然話が進まないから、とりあえずこのままマルコの説明を聞こっか。というわけでマルコ、よろしくね。

「……出発は三日後、それまでに僕とケンで準備を進めます。防寒具や登山道具などの用意は各自でお願いします」

「うん、わかった」

私が答えると、マルコは微笑んだ。

「それでは早速《さっそく》。僕とケンは準備に入ります。なにかあれば呼んでください」

もう？　少しくらい休んでからにすればいいのに。目的地が近いのはわかるけど、なんだか焦《あせ》ってるようにも見えるんだよね。……無理してるようなら、魔法を使ってでも止めるからね。

マルコが立ち去ったあと、ミュウが少し考えて口を開いた。

「んー、じゃあ、わたしとクルルでお買い物はしておくよ」

「任せて。ウルルも、こっち」

「ふぇーい……」

「ありがと、皆」

私にくっついて離れなくなったアイリちゃんを見たからか、皆が優しい。ここはミュウたちの言葉に甘えて、買い物は任せよう。その分、アイリちゃんと一緒にいるからね。

「なにか困ったことがあれば、アタシかルーカにでも聞きなね」

「「はい」」

セシルさんはミュウとコートン姉妹が頷くのを確認してから、私に言う。

「ミサキ、アイリを任せたよ」

「はい」

セシルさんはそう言って、消えた……というルーカさんを探しに行った。また行方不明《ゆくえふめい》になったんだ……ルーカさんに質問があるときは、見かけたら聞け、ってことかな？

それから宿を取って、一休みしたらミュウたちはお買い物。私の防寒具のサイズなんかは、ミュウが覚えてたから買ってきてくれるらしい。なので、私はアイリちゃんと遊ぶ……っていうか、街を散策することにした。人の位置がわかるらしいリコがいれば、道案内も必要ないし。

ただ、そのリコがあっちこっち移動するからちょっと疲れる。もう少しゆっくりでもいいんじゃないかな。

「キュッキュ！」

「ちょっと、速いよリコ。もっとゆっくり見て回ろうよ」

「キュ……」

見たいところも、行きたいところもいっぱいあるのはわかる。

だけど急いで全部！　じゃなくって、ゆっくりじっくり行きたいって私は思う。三日じゃ街全体を回るなんてできないからね。それにじっくり見て回れば、新しい発見があったりするし。

「……ほら、こういうの見つけたり」

「キキュッ！」

「……おはな……！」

私が偶然見つけたのは、道端に咲いていた小さなお花。雪に隠れるように、真っ白で小さな花弁《かべん》が揺《ゆ》れてる。……こんなお花、日本じゃ見たことないから、なんて名前なのかはわからないけど。

寒さが厳《きび》しい場所で雪に埋《う》もれても咲くお花って、綺麗だなぁ。

「さて。今度はどこ行く？　夕ご飯まで遊ぶよ！」

「……うん……！」

「キュッキューイ！」

私が声をかけると、アイリちゃんもリコも元気に答えてくれた。

それから私たちは、日が暮れる直前まで遊びまくった。

セイクルの街には、雪や氷を使った遊びがあった。まぁ簡単に言うと、雪合戦とかね。

だけど、ただの雪合戦だと思ったら大間違い。スキルがあるこの世界の雪合戦は、ありえないくらいの剛速球《ごうそっきゅう》とか増える雪玉とかがバンバン飛《と》び交《か》う、大人も子供も全員参加のヤバい遊びだった。

私？　参加は辞退しましたとも。あんなのに参加したら絶対死んじゃうよ。

あとは雑貨屋さんとか、喫茶店っぽいところとかにも行った。

アイリちゃんが初挑戦したコーヒーは、私でも飲めないほど苦かった。紅茶は美味《おい》しいのに……なんか残念。

まぁでも、貴重な体験なのは間違いないからいいかな。

そして、あっという間に三日が経った。

準備は滞《とどこお》りなく進んで、もうすぐ私たちは霊峰《れいほう》登山を始める。

つまり、アイリちゃんとリコとはここでお別れ。寂しいけど、行かなきゃね。

既《すで》に支度《したく》を終えている皆のもとに向かおうとすると、アイリちゃんにツンツンつつかれた。

「……おねえさん……これ……」

「うん？　これは？」

「……おまもり……」

出かける直前にアイリちゃんがくれたのは、白いお花をモチーフにした小さな布の袋。

これ、私が見つけたあのお花？　しかも、もしかして手作り？

一体いつの間にこんなの……いけない、嬉しすぎる。

「ありがとう、アイリちゃん！」

「……ぜったい……かえって、きて……」

「もちろん！　約束するよ」

こんなプレゼントしてもらったんだもん……なにがなんでも、無事に帰ってこなきゃいけないね。

おっと……アイリちゃんが泣くのを我慢してるのに、私が涙を流すわけにはいかない。

それに自分で言ったんだし、お別れは笑顔で！

「……いってらっしゃい……！」

「行ってきます。……リコも、じゃあね」

「キュッ！」

アイリちゃんが泣き笑いみたいな顔で送り出してくれた。

リコも、短い前足で敬礼みたいなポーズをとる。別に戦地に赴《おもむ》くとかそういうわけじゃないいんだけど、きゅっと気が引き締まった。でも、なんだろう……後ろ髪を引かれるってこういうことなのかな。

「……や、切り替えていこう。まずは霊峰《れいほう》！」

忘れ物、ナシ。防寒具、よし。アイリちゃんにもらったお守りはローブの胸ポケットの中。

さぁ、行きますか！　ミュウたちを待たせちゃってるからね。

第六章　聖剣の守護者

霊峰《れいほう》に登るには、まずは登山口に行く必要がある。ただ登山口って言っても、誰が登ったか確認する場所があるだけで、ちゃんとした登山道があるわけじゃないらしい。

そこまでは乗合《のりあい》馬車で行って、それから先は歩くことになる。

私たちは無事に乗合《のりあい》馬車に乗り、順調に登山口へ向かっていた。

私の両隣にそれぞれミュウとケン君、向かい側の席にウルルとクルル、マルコが座っている。

「ミサキさん、ホントに大丈夫ですか？」

「もう切り替えたって」

「ならいいんすけど……」

ケン君がもう何度目かわからない質問をする。

三日間別行動をしていた私が合流した途端、やたらと皆が気遣《きづか》ってくれるなぁ……とは思ってたけど、さすがにもういいよ。

ミュウたちも、最初こそ私を心配してたみたいだったけど、今は普段通りに戻ってる。

そうしてって私が頼んだのもあるだろうけどね。

「んー……雪が深くなってきたなぁ……」

ミュウが外を見ながら呟《つぶや》くと、ウルルが窓から身を乗り出して雪を掴《つか》む。

「真っ白だー！」

……今は馬車に私たちしかいないからいいけど、他の人が見たらびっくりするからやめてね、ウルル。そしてクルルは、なにかを一生懸命作ってる最中だった。

「クルル、それなに作ってるの？」

「寒さを、緩和、する、道具」

「へぇ……」

サラッと言ったけど、多分クルルが作ってるのって魔道具だよね？　見た目は小さな羽の形をしたペンダントなのに、寒さを緩和できるなんて。普通の道具じゃないのがまるわかりだよ。

しかもそれがたくさん……もしかして人数分あったりする？

まぁでも、私たちが着てる防寒具だけじゃ、山登りをするには足りないと思う。

もこもこのコートとブーツ、風を全く通さない外套《がいとう》を皆着てるけど、既《すで》にちょっと寒いんだよね。まだ麓《ふもと》なんだけど。

それからしばらくして、私たちは目的の登山口に着いた。

「おー、着いたー！」

「いよいよですね、ケン」

「おう！」

降り積もる雪をものともしないウルルが走り回る横で、マルコとケン君が頷き合う。

それにしても、聞いていた以上になにもない。壊れかけた門っぽいものと小さな小屋がぽつんと建ってるだけ。

「……これ、登って大丈夫なの？」

「んー……多分」

私が思わず呟《つぶや》くと、ミュウが苦笑した。

一応兵士っぽい人は何人かいるんだけど、ものすごく暇そうだし。ケン君たちがやってる手続きも、ほとんど流れ作業みたいになってる。

その手続きが終わったタイミングで、クルルがいい笑顔で近寄ってきた。

「……できた。はい、コレ」

「あ、例の？」

「ん。便利、だよ」

クルルから手渡されたのは、小さな羽と氷の結晶《けっしょう》があしらわれたペンダント。効果は、寒さを緩和……というか打ち消すんだそう。材料はリコの抜け毛とこの辺《あた》りに出る魔獣の素材らしい。いつの間に、リコの抜け毛なんて集めてたんだろうね。

ペンダントを首にかけた瞬間、刺すような寒さがなくなった。

「……すごい、寒くない」

「んー……あ、でも冷たい」

ミュウが手袋を取って雪に触《さわ》ってる。どうやら冷たいって感覚はあるみたい。なのに寒くないのはすごいなぁ……魔道具恐るべし。

続けて受け取ったケン君たちも、その効果に驚いてるみたいだった。

「注意。打ち消すのは、寒さ、だけ」

クルルが人さし指を立てて注意をする。

「つまり、凍結などは防げないのですね？」

「ん、そう」

マルコが細かいことを確認すると、クルルは頷いた。

防ぐのは寒さだけ……ってことは、下手《へた》したら気がつかないうちに凍《こお》ってるなんてこともあるかもね。マルコもそれが気になったのかな。

「これなら早く行けそうだな」

ケン君の言葉に、マルコは首を縦に振る。

「そうですね。一番の懸念《けねん》は寒さでしたから」

どうやら元々の予定では、全員分の松明《たいまつ》を用意して、拠点《きょてん》を作りながら少しずつ進もうとしていたらしい。松明《たいまつ》で寒さがどうにかできるとは思わないから、クルルには感謝だね。

「早く行こー！」

「待ってください、ウルルさん。先に戦闘時の配置を確認しましょう」

「えー？　仕方ないなー」

待ちきれなくなったのか、ウルルがケン君たちを急《せ》かす。でも、マルコがそれを止めた。

今回は最初からポジションを決めて行くみたい。私たちは、マルコの話に耳を傾《かたむ》ける。

「まず前衛は僕、ケン、ウルルさんです」

「おう」

「まーかして！」

この辺は大体固定かな？　魔法が使えないウルルはどうしても敵に接近する必要があ

るし、ケン君とマルコの武器も剣。敵から離れすぎると意味がなくなっちゃうよね。

「それとケン、魔法は使わないでください。ケンの魔法は雪崩《なだれ》を起こす危険があります」

「そうだな……わかった」

ケン君の魔法は高威力の炎《ほのお》を生み出す。光属性の魔法も使えたと思うけど、どちらにしても危険なのは変わらないかな。……ウルルの攻撃も魔法並みの威力があるんだけどね。

私がそんなことを考えているうちにも、マルコは説明を進める。

「ミュウさんは前衛の援護を」

「うん、任せて！」

「そしてウルルさんを、僕とケンで援護します」

弓を持ったミュウは中距離からのサポートね。そして、やっぱりメインの攻撃はウルルが担当するみたい。まぁ、戦斧《せんぷ》を振り回すウルルに援護がいるとは思えないんだけど。

「ミサキさんは全体の支援と、【シールド】による安全確保を」

「わかった」

なんか、私がやることって地味に多いんだね。いろんな魔法を使えるからなんだろうけど、これは気が抜けないなぁ。

「クルルさんには荷運びをお願いします。僕たちでは野営道具を運べません」

「ん、了解」

たくさんの重い荷物を運べるクルルは、キャンプ道具を含めた必要なものを一人で管理してる。クルルになにかあったらマズいことになっちゃうから、最優先で守らなきゃね。

ていうか、クルルが背負ってるバックパックがすごい大きさになってるんだけど……ケロリとしてるのがすごい。

「では皆さん、よろしくお願いします」

そう言うマルコに続き、ケン君もペコリと頭を下げる。

「お願いします！」

「「「「おー！」」」」

いよいよ霊峰《れいほう》登山開始だね。晴れてるからまだありがたいよ。

ところで、登山とはいっても、きちんとした道があるわけじゃない。自分たちで道を作っていく必要があるんだよね。今回はとりあえず頂上まで行ってみる……ってことだったから、通れそうなところをひたすら上に進む。

「おー、フカフカだー」

大量に積もった雪を掻《か》き分けて、先頭のウルルが突き進む。腰くらいまでの深さなら、ウルルは気にせず踏破《とうは》するらしい。

「気をつけてくださいね、ウルルさん」

「はーい」

マルコは、ウルルに方向を指示しながら歩いてる。その後ろから、私とミュウ、クルルとケン君が続く。

「うーん……歩きにくい」

「足取られるねぇ……」

ウルルたちが通ってある程度踏み固められてるけど、やっぱり新雪《しんせつ》は歩きにくい。ガンガン体力も削《けず》られちゃうから、置いてかれないように回復魔法も使おうかな。

短時間の休憩を挟みながら、私たちはなんとか前に進む。

そのときにちょっと気になって雪を掘《ほ》ってみたけど、掘《ほ》っても掘《ほ》っても地面が見えなかった。相当厚く雪が積もってるようで、出てきたのは氷だけ。ここで爆発系の攻撃したらヤバいことになりそう。

「ぬわっ⁉」

……なんて考えてたら、先頭を歩いていたウルルが消えた。正確には、落ちた。

「ウルルさん⁉」

「よっと！　だいじょーぶ！」

ケン君が大声を上げると、ウルルはすぐに這《は》い出《だ》してくる。全身雪まみれになってるけど、どうやら怪我《けが》はしていないみたい。私もホッとした。

「よかった……これは危ないなぁ」

「うお、深ぇ……」

ウルルが落ちたのは、氷にぽっかりとあいたクレバス。ケン君が穴を覗《のぞ》き込んで青い顔をする。

底が見えないほど深いクレバスは、もちろん落ちたらただじゃ済まない。

ウルルが無事だったのは、背中に背負った戦斧《せんぷ》が引っかかったから、らしい。

……うん？　そもそも、ここって山なんだよね？　なんでこんなに深いクレバスがあるんだろう。

「霊峰《れいほう》って、氷でできてるの？」

「そんなはずは……ん？　ここは地図上では川の上……でしょうか」

私が聞くと、マルコは慌《あわ》てて地図を確認する。そして足元を眺《なが》めながら呟《つぶや》いた。

「氷河か！」

ケン君は納得したように手を打つ。

なるほどね……そりゃ掘《ほ》っても氷しか出てこないわけだよ。

氷河ってことは、ウルルが落ちたみたいなクレバスが他にもあるってことだよね。

「少し移動しましょう」

「そうだね」

マルコの言葉に私は頷いた。

氷河の上は危ないってことで、ルートを変更して進む。

なんかさっきより急斜面になってるんだけど……辛《つら》い。なんでクルルは大荷物なのに、平気な顔してるんだろう。

しばらく登ると、そこそこ広い平地に出た。私は既《すで》に【ヒール】を何回も使ってるから、できればこの辺《あた》りで長めの休憩をしたいところ。自分の体力のなさを痛感したよ。

「っ！　魔獣が来る！」

……なのにこういうときに限って、魔獣が出てくるし。

「えええ……」

ミュウが指したほうには、すごい勢いでこっちに向かってくる雪煙《ゆきけむり》があった。

霊峰《れいほう》では初戦闘だから、どんな魔獣が出てくるかわからない。注意しないとね。とりあえず、皆に盾《たて》を張っておこうかな。

「ウルルさん！　縦方向の攻撃は避《さ》けてください！」

「んー？　わかったー！」

雪煙《ゆきけむり》に向かって突撃するウルルに、マルコが指示を出す。ウルルが戦斧《せんぷ》を振り下ろしちゃうと、もしかしたら雪崩《なだれ》が起こるかもしれないからね。それくらい強い衝撃があるんだよ、アレ。

マルコの指示を受けたウルルは、構えていた戦斧《せんぷ》を思いっきり横に薙《な》いだ。

「そぉーいっ！」

その結果、ウルルの前に積もってた雪がボフッ！　という音を立てて吹き飛んだ。

「はあっ⁉」

ただ戦斧《せんぷ》を振っただけとは思えないようなありえない光景に、ケン君がすごく驚いてる。

ウルルがやることにいちいちツッコんでたらキリがないよ、ケン君。

そして雪がなくなったところから出てきたのは、なんとも奇妙な魔獣だった。

「うん？　なにあれ、雪男？」

突然丸裸にされて驚いてる、って感じのソレは、軽く二メートルはある巨躯《きょく》にふさふ

「【シールド】！」

さした白い体毛が生えていて、人間みたいに二足歩行してる。日本で、雑誌かなんかで見た雪男にそっくりなんだけど。

「……サル？」

「大きいねぇ……」

クルルとミュウも唖然《あぜん》としている。

「変なのー。まーいーや！」

ウルルは一瞬驚いたらしいけど、すぐに戦斧《せんぷ》を構えて突撃する。一体だけならすぐ終わるかな？

「そぉー……うにゃぁ!?」

「ゴァァァァ!!」

ウルルが振り回す戦斧《せんぷ》を、素早《すばや》い動きで避《よ》ける雪男。しかも雪を投げて反撃までしてる。

ちょっと待って、あの雪男、結構強い！

【シールド】があるからウルルにダメージはないはずだけど、攻撃の手が止まった。

雪男がウルルを追撃しようとしてる！

「ミュウ！　カバー！」

「うん！」

私が叫ぶと、ミュウは弓を構える。

咄嗟《とっさ》にミュウが放った矢は避《さ》けられた。けど、とりあえず追撃は止められた。その隙《すき》にウルルは体勢を整える。今度はこっちの番だよ！

「【ライトチェイン】！　ケン君！　マルコ！　お願い！」

ミュウが断続的に矢を放って気を引いてる隙《すき》に、【ライトチェイン】で拘束《こうそく》する。

雁字搦《がんじがら》めになって動きが止まった雪男に、ケン君とマルコが攻撃を……ってうそぉ!?

なんと雪男は、私の魔法を簡単に引きちぎって脱出した。

なにあれ強い……下手《へた》したら魔人並みの強さなんじゃない？　【ライトチェイン】を破壊したのは、魔人とウルルだけだよ。

……その後、何度も攻撃してるけど、決め手に欠けている。

決まれば強いウルルの攻撃は避《さ》けられるし、ケン君やマルコでは有効打を与えられない。

一方で、雪男の攻撃も、私の【シールド】を貫通しないから誰も怪我《けが》はしない。

しばらく経っても戦闘は、平行線のままだった。

「あーもー！　めんどいなー！」

「ゴァァァ！」

大声を出したウルルを馬鹿にするように、雪男が吠《ほ》える。

「避《よ》けんなぁーっ！　こんのぉー!!」

ついにウルルがキレた……攻撃が掠《かす》りもしないことに苛立《いらだ》ったらしい。

雪男と少し距離を取ったウルルは、戦斧《せんぷ》を地面に刺して力をためるような動きをする。

「う……あぁぁぁぁー!!」

そして、叫んだウルルに驚きの変化が起こった。私は思わず声を上げる。

「なにあれ!?」

金色だった髪が白くなって、目は真っ赤に。髪に着けていた玉の髪飾りが弾《はじ》け飛んで、さらにバチバチと音を立てる青白いスパークを体に纏《まと》ってる。

ウルルがあんなことできるなんて知らなかったんだけど！

変化したウルルは雄叫《おたけ》びを上げて、さっきよりも苛烈《かれつ》に攻め始めた。

それを見たクルルが、思いっきり舌打ちする。

「！　あの、バカ！」

「クルル、ウルルはなにしたの!?」

「スキル、使った！　〈破壊衝動〉！」

なにその物騒な名前!?

慌《あわ》てててケン君たちを下がらせたクルル曰《いわ》く、ウルルには普段封印してるスキルがあるらしい。

それが〈破壊衝動〉で、短時間だけ戦闘能力を跳ね上げるものだそう。

ただしデメリットもあって、魔力を大量に消費する上に、使用中は自我を失って目に映るもの全てを破壊し尽くし、魔力が切れて動けなくなるまで止まらないんだとか……

想像以上にヤバいスキルだった！

「すげぇ……」

雪男を圧倒し始めたウルルを見て、ケン君がぽつりと呟《つぶや》く。

「……って、あんなの使って、ウルルは大丈夫なの？」

既《すで》に自我をなくしてるらしいけど、元に戻らないとかないよね？

「魔力、切れで、倒れる、だけ。……倒れたら、元に、戻る」

うーん、クルルがそう言うなら待つしかなさそうだね。

「んー……ミサキの魔法は使わないほうがよさそう……」

「……そっか、魔力を回復させたら、ずっとあのままなんだ」

ミユウの言う通り、私の魔法にはかけた相手の魔力を回復する性質があるから、今のウルルにかけたら大変なことになる。

【オーブ】なら魔力を吸えるけど、ウルルの動きは速すぎて当たらなそうだし……

そんなことを思ってるうちに、ウルルが戦斧《せんぷ》で雪男を真っ二つにした。

ウルルが体に纏《まと》っていたスパークが弾《はじ》けて、雪男の上半身が消し飛ぶ。

「あぁぁぁぁっ!!」

「……圧倒的、ですね」

魔獣を倒して雄叫《おたけ》びを上げるウルルの姿に、マルコが思わずといった風に呟《つぶや》く。

と、呆然《ぼうぜん》とするマルコの背中を、クルルが叩《たた》いた。

「油断、しないで。来るよ」

「はい？」

「目に、映る、モノ……私たちも、例外じゃ、ない」

……うそでしょ。まさか人にまで襲《おそ》いかかるなんてこと……って思ったけど、クルルは既《すで》にスリングショットの張り具合を確かめてる。どうやら本気でこっちに来るらしい。

仕方ない……手加減なしの本気モードになったウルルの魔力が切れるまで、付き合いますか。

「クルル、アレってどのくらい持つの？」

「多分、あと、数分」

これだけ戦ったんだから、ウルルの魔力はそんなに多くないはず。あと数分なら大丈夫。まぁ、ウルルの魔力が切れるまで待ってればいいような気もするけど、そうしたら魔獣を探してどこかに行っちゃいそうだし。

「それなら私が相手になるよ」

「「「えっ⁉」」」

なに？　私が戦うのがそんなに意外？　これでも勝算があるから言ってるんだからね。

皆が目を丸くして驚く中で、クルルだけはため息をつく。そしてフッ……と小さく笑った。

「……任せた」

「任された」

「うあぁぁぁぁぁっ！」

皆の声に反応したウルルが、雄叫《おたけ》びをあげながら突進してくる。

クルルに任された戦い、負けるわけにはいかないね。

暴走したウルルは高い魔力に引きつけられるのか、私しか見ていない。でも、今はそれでいい。私もウルルに集中できるから。

「【シールド】二連！」

「あぁぁあっ！」

ウルルと私の間に二枚の【シールド】を張る。動きを止められるかと思ったけど、ウルルは僅《わず》かに速度を緩めただけだった。それどころか【シールド】を破壊して突き進んでくる。

今のウルルには、【シールド】はほとんど意味がないらしい。これじゃダメか……前にウルルと戦ったときとは違う……今のウルルは私を倒すことしか考えてない。

「本気で相手しないとヤバいかな……【サンクチュアリ】！」

「うぁっ!?」

【サンクチュアリ】でとりあえず身の安全を確保。範囲を狭《せま》くした【サンクチュアリ】は強度が上がる。いくら攻撃力が高いといっても、さすがにコレは破れない。

とはいえ、びゅんびゅん動き回るウルルに【ライトチェイン】は当たらないだろうし、そもそも当たったところで壊されるでしょ。

「なら……【オーロラ】」

触《ふ》れた対象の動きを遅くする【オーロラ】は、近接攻撃しかできないウルルには効果があるはず。これで一旦《いったん》動きを……って、ええ!?

「あぁぁぁあっ!!」

バキッ！　という音がして、ウルルが攻撃してきた結界にヒビが入った。そしてあっという間にガラスが割れるみたいな音を立てて、【サンクチュアリ】は砕《くだ》け散ってしまう。

「うそ⁉　【シールド】二連！　【オーブ】！」

ウルルはあの状態でも私の魔法の効果がわかるっぽい。本能なのかな？　【オーロラ】に向かって、戦斧《せんぷ》で巻き上げた雪塊《せっかい》をいくつも飛ばしてきた。

【オーロラ】はなにかを止めると、その部分に穴ができちゃう。雪が当たった部分はもう使いものにならないね……手強《てごわ》いなぁ。

ウルルとの攻防を続ける私に、ケン君が声をかける。

「ミサキさん！　援護は⁉」

「……アレと打ち合う自信ある⁉」

「ないです！　すみません！」

そこは即答しないでほしかったなぁ！　せっかく聞いたんだったら、もうちょっと根性出そうよ。

それにしても……ウルルを近づけないために【オーブ】と【シールド】を乱射するのは疲れる。

たまに【エミスト】で目潰《めつぶ》しも狙ってみるけど、ウルルには全く効かない。

うーん。できるかどうかわからないけど……アレ、試してみようかな。

まだ誰にも教えていない、私の考えた必殺技。

「あぁぁぁぁっ！」

向かってくるウルルに、私は魔法を発動する。

「【シールド】三連！　【ライトチェイン】二連！　【オーブ】！　……っとぉ……」

で、できた……魔法の連発の連発。ちょっとくらっとしたけど、思い通りに魔法が使えた。

三枚の【シールド】でウルルを囲って、【ライトチェイン】で雁字搦《がんじがら》めにする。そこに、上から【オーブ】で追撃。今回はちゃんとウルルに【オーブ】がくっついた。

さすがのウルルも、もう身動きが取れないらしい。

「つぅ……！」

ガンガンと響く頭痛を堪《こら》えながら、ウルルの魔力が切れるのを待つ。……ちょっと無理しすぎたかな。

「まぁでも、これで……私の勝ち」

「あぁぁ！　うあぁ！　ぁ……」

【オーブ】の効果はすぐにあらわれた。

ウルルの髪と目の色が元に戻って、糸の切れた操《あやつ》り人形のように、その場に崩《くず》れ落ちる。

クルルに聞いてたとはいえ、実際に倒れるところを見ると焦《あせ》るね。

「ウルル……」

「待った。ミサキは、休んで。魔力、切れかけ、だよ」

ウルルのところへ行こうとした私を、クルルが止めた。

そういえば、消した覚えのない魔法も全部消えてる。魔力がなくなると勝手に消えるんだね。

にしても、魔力切れの感覚……思ったより辛《つら》い。大人しく休んでおこう。代わりに、ミュウがウルルを素早《すばや》く助け起こしてくれた。

「ミユウ、ウルルは?」

「んー……気を失ってるだけみたい、怪我《けが》はないよ」

「……ん、よかった」

どうやら魔力切れ以外の怪我《けが》は見当たらなかったらしく、クルルも安心した様子。

マルコとケン君は、周辺を見回ってから戻ってきた。この辺《あた》りは雪がなくなったし、ウルルが大暴れしたから、雪崩《なだれ》が起きないかを見てきたっぽい。

「お疲れさまです、ミサキさん。お見事でした」

パチパチと拍手してくれるマルコの後ろで、しゅんとして肩を落とすケン君。

「結局なにもできなくてすみません……」

「ううん、いいの。私は、私にできることをしただけだから」

ケン君は申し訳なさそうにしてるけど、アレは私にしかできなかったと思うよ？

ちょっと酷《ひど》い言い方だけど、ケン君とかマルコが立ち向かったとしても、あのウルルには勝てなかったと思う。接近戦は無理だったはず。

ともあれ、私とウルルが動けない状態での登山は不可能っていうことで、今日はここでキャンプをすることになった。まだまだ先は長そうだね……

でも、クルルの魔道具のおかげで、夜休むときに寒さ対策がいらないのは楽。テントには、厚めの布を敷《し》いた。

皆はキャンプの準備をしてるけど……私は休んでてって言われて、というか命令されて、ウルルと一緒にテントに押し込まれた。なにもやることがなくてちょっと暇だなぁ。
四、五人が横になれる大きなテントなのはいいんだけど、クルルが作ったという明かりの魔道具が置いてあって中は明るいから、外の時間がわかりにくいんだよね。
そんな魔道具を弄《いじ》って暇つぶしをしていると、ミュウがテントに入ってきた。

手にはカップを二つ持ってて、その一つを私にくれる。中身は紅茶かな？

「ウルルはどう？」

「まだ寝てる。一応回復魔法はかけたけど」

心配そうなミュウに答えると、今度は目を大きく見開いた。

「ええ!?　ミサキも休んでなきゃダメだよぉ……」

そんなこと言われても……やることがなかったから、ウルルに回復魔法をかけただけなのに。

私が魔力切れ寸前になったのは間違いないんだけど、少し休んでたら頭痛も消えたし。魔法も問題なく使えたからいいんじゃない？

「……んぁ……」

「うん？　ウルル？」

そのとき、ウルルがモゾッと動いた。今までは微動だにしなかったから……ようやくお目覚めかな？

そして、ウルルはうっすらと目を開けた。

「わたし、クルル呼んでくるね！」

それを見たミュウが、テントから飛び出していった。

そんなに慌《あわ》てなくてもいいのに。心配だったのはわかるけども。

「……あれー……なにしてたんだっけー……」

「おはようウルル。覚えてないの？」

「ミサキー？　むー……なにかと戦ってた気がするー……」

ウルルは自分がスキルを使ったことも覚えてないんだ……。自我を失うって、相当なデメリットなんじゃない？

何度聞いても、ウルルはなにかと戦った、以外のことは覚えてないようだった。スキルを使う直前の記憶までなくなるみたいだね。

そこへ、ミュウとクルルがやってきた。クルルの手には、以前見た酔い醒《ざ》ましとはまた違う、緑の液体が入った小瓶《こびん》が握られてる。……なんだろうアレ。

「起きたか、ウルル」

「あークルルー……どうしもがっ!?」

「!?」

……クルルが、持っていた小瓶《こびん》をウルルの口に突っ込んだ。

どこかぽやっとしていたウルルは、クルルに押さえ込まれてじたばたと暴れてる。でも、いつもの力強さはない。スキルを使った疲れがまだ残ってるのかな。

「ごほっ!?　にがっ……やめ……」

「薬。大人しく、飲め」

「やーだー！　やめろー！」

……荒療治《あらりょうじ》すぎる。薬ってああやって飲ませるモノだっけ？

クルルは見た目通り苦いらしい緑の液体を、嫌がるウルルに無理矢理飲ませている。嫌がらせしてるようにも見えるけど、ウルルは少しずつ顔色がよくなってる。……ちゃんと効果あるんだ、アレ。

「離せー！」

「全部、飲んだら、ね」

「うわーん！　助けてぇー!?」

なんとも騒《さわ》がしい治療だこと。

ウルルが徐々に力を取り戻しているのか、押さえてるクルルが辛《つら》そうな表情になってきた。

「ミュウ、手伝って」

「んー……わかった。ごめんねウルル！」

クルルの要請で、ミュウもウルルを押さえるのに協力し始めた。

上げる。

「うにゃー!?」

さすがに二人がかりで押さえられてはどうしようもないのか、ウルルが悲痛な叫びを上げる。

……私はちょっと外を見ようかな。逃げるわけじゃないよ。

「あ、ケン君」

私がテントから顔を出すと、丁度目の前にいたケン君と目が合った。

「!?　ミサキさん、大丈夫なんですか？」

「うん、もう平気だよ」

そんなに心配しなくても、私はもう平気だよ。……って、うん？　もうすっかり夜になってたんだね……気がつかなかった。生憎《あいにく》雲がかかってて空は見えないけど。

それよりも、なんでケン君がここに？　偶然ここにいた、とかじゃないよね？

「ケン君、なにか用があったの？」

「いえ……その、この世のものとは思えない悲鳴が聞こえて……」

「あー……大丈夫、なんでもないから」

うん、原因はウルルの悲鳴だった。っていうか今も聞こえてる。ギャーギャー叫ぶウルルの声は、少し離れたところにいたらしいケン君にも届いていたんだね。

　さっき見たときは、まだ薬が小瓶《こびん》に半分くらい残ってたから……もう少し、ウルルとクルルの攻防は続くかな。

「……これ、ウルルさんの声ですよね？　目、覚めたんですか？」

「うん、この通りもう元気だよ」

「……元気、なんですか？」

　ケン君が訝《いぶか》しむ。まぁ……「やめろー！」とか、「離せー！」とか聞こえてくるからね。でもこうして騒《さわ》がしくできるくらいには元気になってるよ。だからウルルはちゃんと復活する……はず。

　それよりも、ちょっと気になってたことがある。ケン君と一緒にいると思ってたマルコが、どこにも見当たらない。

「ねぇ、マルコは？」

「あー……なんか探しに行きましたよ。『明日から使えそうだ』とか言って」

「その『なんか』って、なに？」

「さぁ……そこまでは聞いてないです」

　ケン君もよくわかってないみたい。一体なにを探しに行ったんだろうね。なにかを見つけて、それを採《と》りに行った……みたいな感じかな？

それからちょっとケン君と話してたら、だんだん眠くなってきた。

さっきまで休んでたはずだけど、疲労が思ったよりもたまってたっぽい。……ウルルの悲鳴も聞こえなくなったし、戻っても大丈夫かな。

「ねむ……おやすみ、ケン君」

「あっはい!?　おやすみなさい！」

シュバッ！　と、なぜか敬礼をするケン君。ただ寝るだけなのになぜ敬礼？

まぁいいや、明日聞こう……今はとりあえず眠い。

テントに戻ったら、ウルルがクルルにお説教されてた。クルルは、ウルルがスキルを使ったことに相当怒ってたらしい。

私はそんな二人から少し離れたところで毛布にくるまる。

私が意識を飛ばす直前まで、クルルのお説教は続いてた。

ちゃんと皆寝られるかな……朝までお説教とかしてないといいけど。


翌朝、私が起きると隣にミュウが寝ていた。反対側にはウルルとクルルが。気持ちよさそうに眠ってる皆を起こさないように、慎重に起き上がる。

結局、昨日はなにも食べてないからお腹空《す》いたなぁ……携帯食料でも食べようかな。

バータイプの携帯食料を齧《かじ》りながら、軽く身支度《みじたく》を済ませて外に出る。

うわ……日光がかなり眩《まぶ》しい。

目を細めて空を見ると、雲一つない晴天。絶好の登山日和《びより》……なのかな？

とか思いつつ辺《あた》りを見回すと、おかしなモノが見えた。いや、モノっていうか生物だけど。

「……ケン君、それなに？」

「あ！　おはようございますミサキさん！　コイツは、マルコが連れてきたんすよ」

「マルコが？」

いい笑顔でケン君が撫《な》でているのは、二本の大きなツノとふさふさの白い毛が目立つ……シカ？　だった。トナカイに見えないこともないけど、すごく大きい。ツノもなんか、刃物みたいに鋭《するど》くなってるし。ていうかコレ、魔獣じゃないの？

「そんなの撫《な》でて平気なの？」

「意外と大人しいですよ？　ミサキさんもどうですか？」

「……やめとく」

ちょっとシカに近づいたら、ギラッと赤い目で睨《にら》まれた。顔だけで私より大きいんじゃない？　っていう魔獣に睨《にら》まれると、さすがに怖いよ。なんでケン君は平気な顔して撫《な》でてるんだろう。

「おや、ミサキさんは好かれませんでしたか……意外ですね」

そこに、シカを連れてきたというマルコが現れた。

「うん？　マルコ、それどういう意味？」

なんか気になることを言ってたけど、私がアレに好かれないってどういうこと？　いや、好かれたいわけでもないいんだけどね。

「この魔獣はホーンディアと言います。自分を倒せる強者に従う習性があり、牽引《けんいん》などにも使えるそうなので、昨晩捕らえてきました」

「そんなのどこで聞いたの……」

「霊峰《れいほう》に来る前に、セイクルで少々。便利だと思いまして」

そりゃ便利かも知れないけど、魔獣を連れてくるなら一言《ひとこと》言ってほしかったよ。すごく驚いたんだから。

まぁ……私が強いと認められてない、って部分はどうでもいいんだけど。実際魔法抜きなら、ここにいる人の中じゃ一番弱い自信があるし。

「ケンとともに荷車を作りましたので、今日は楽ができるのではないかと」

まだ朝なんだけど、マルコが指したほうには大きな荷車……いや、雪の上を移動する箱みたいなものが置いてあった。

「いつの間にそんなものを……」

「ふふふ……こういう作業は得意ですので」

夜通し作業してたとか言わないよね？　ちゃんと寝てるんだよね？

「いやー、結構大変だったよなぁ……」

「ええ、全くです」

二人で笑いながら、今日の予定とかを話し合ってる男子たち。

私には休めって言っておきながら、ケン君たちは無理してるような気がするんだよね。

「……二人とも、ちゃんと休んだの？」

「は、はい！　もちろんです！」

「し、しっかりと休ませていただきましたとも……」

私が若干語気を強めて聞いただけで、いきなり挙動不審《きょどうふしん》になりすぎじゃない？　ケン君はビシッと敬礼して、叫ぶように言い、マルコは少し後ずさりながら肯定する。……私、なにかしたっけ？　なんだか怖がられてるような気がする。

「で、でももうちょっと休むか？」

ケン君がそっと聞くと、マルコは焦《あせ》ったように頷く。

「そうですね……これ以上ミサキさんを怒らせてはいけませんし」

「じゃ、俺らは少し休みます！」

何事かを小声で相談した二人は、素早《すばや》い動きでテントに入っていった。

なんだったんだ今の……なにを相談したのかな？

……っていうか、休むのはいいけど、私しかいないところに魔獣を放置しないでよ！

私、今杖《つえ》持ってないんだからね？　暴れ出したりしたらどうしようもないんだけど。

すると、テントからミュウが目を擦《こす》りながら出てきた。

「んー……おはよミサキ……ってうわぁ!?」

「おはようミュウ。やっぱりびっくりするよね、コレ」

「うん……びっくりしたぁ……」

ホーンディアを見たミュウは、一瞬で目が覚めたらしい。まぁ、起きていきなり魔獣と遭遇したら、誰でもこうなると思うんだけど。ミュウが弓持ってたら射《い》かけちゃいそうな感じだったから、きちんと説明はしてほしかったよ、マルコ。

「わー!?　なんかいるー！」

「魔獣？　なぜ、ここに？」

続けて起きてきたコートン姉妹も、目の前にいたホーンディアに驚いてる。

ウルルなんかは、そのまま殴《なぐ》りかかりそうだったから全力で止めた。ケン君たちが戻ってきたときに魔獣が死んでました……なんてことにならなくてよかった。

本当なら、しっかりと朝ご飯を食べたいところだけど……荷物の関係で、多くの食材は持ってこられなかった。しばらく食事は携帯食料だけかな。ちょっと物足りないのは仕方ないよね。

しばらくすると、ケン君たちがテントから出てきた。丁度、私たちの準備も完了した。

「お待たせしました。では、行きましょうか」

「おう！」

ケン君が元気よくマルコに返事する。テントとかを片づけたら、霊峰《れいほう》登山再開。

今日一日でどこまで登れるんだろう。またあの雪男みたいな魔獣が出てこないといいけど。

私たちはマルコが作ってくれた箱に乗り込む。すると、ホーンディアが進み始めた。

手綱《たづな》なんてものはないので、ホーンディアと荷台を繋《つな》ぐのはロープだけ。突貫工事で大丈夫かな？　途中で壊れるのは勘弁《かんべん》してほしい。

それにしても、この魔獣意外と速い。急斜面でもお構いなしに、ぐいぐい登ってる。荷台に掴《つか》まってるだけでも結構大変だね。急に方向を変えられると、投げ出されそう。

突貫で作られた荷車は、ちょっと怖いくらいガタガタする。

もっとも、そんな危ない感じになってるのは私だけ。

「おー、速ーい！」

「んー、これなら結構進めるねぇ……」

なににも掴《つか》まらずにバランスをとってるミュウとウルル。ちょ、ちょっと真似《まね》できないかな。

なんとか耐《た》えながらしばらく進んでると、急にガタン！　と大きく揺《ゆ》れた。

「うひぁっ⁉」

その衝撃で、私はお尻を荷車に思いきりぶつけてしまい、なんか変な声が出る。

「いったぁ……」

「ミサキさん、大丈夫ですか？」

大丈夫じゃないかもしれない……ケン君の気遣《きづか》いは嬉しいけど。

「急に雪が消えましたね。少し荒れます」

マルコの言う通り、突然雪が消えて、一面氷だらけになった。そのせいで、ガタガタと激しく揺《ゆ》れてるらしい。凹凸《おうとつ》でバウンドするたびにお尻が痛いんだけど。

私が痛みに耐《た》えきれなくなった、そのとき。バキッ！　と大きな音がした。

ついでに、ふわりと浮き上がるような感覚が。

「……え？」

なに今の音。

そう思った瞬間、私はポーン……と空中に投げ出された。

……ってやばいやばいやばい！　このまま氷に叩《たた》きつけられたら死んじゃう！

「し、【シールド】！」

咄嗟《とっさ》に【シールド】を展開して体を滑《すべ》らせ、地面につく直前でなんとか止まった。

「……ふぐっ!?」

私の横に、バックパックをクッションにしたクルルが落ちてくる。

一体なにが起こったのかと思って辺《あた》りを見回したら、全速力で駆けていくホーンディアと、大破した荷車が目に入った。どうもさっきのバキッて音は荷車が壊れた音だったらしい。

「もーちょっと優しく降ろしてよー！　もー！」

ウルルはホーンディアに文句を言ってる。でも、無傷で着地したっぽいね。

「危なかったぁ……」

ミュウも無事だったっぽくて、ホッと息をついている。少し離れたところで、腰をさすりながらケン君が立ち上がる。

「いてて……無事かマルコ?」

「ええ、なんとか……」

ケン君とマルコにも怪我《けが》はないみたい。まぁ念のため、回復魔法を使おうかな……お尻痛いし。

「【エリアヒール】!」

ケン君たちがいるところまでは距離があるから、広範囲に対応できる魔法を使ったんだけど……一番近くにいたクルルが、最もダメージを受けてた。

「……助かった、ありが、とう」

荷物を盾《たて》にしたとはいえ、衝撃を吸収しきれてなかったみたい。少し元気を取り戻して、お礼を言ってくれる。

私たちは回復したあと、大破した荷車から荷物を引っ張り出して、中身が無事なことを確認する。クルルがクッションにしたバックパックも、中身に影響はなかったらしい。

「ここからは、歩いていくしかないですね……」

マルコは困ったような様子だけど、私はもう二度とホーンディアのお世話にはなりたくない。

「歩いたほうがマシだよ……もう魔獣は使わないで」

「そうですね、そうしましょう」

それにもう十分登ったし、ここからは歩いてもいいと思うよ。

「ミサキ、コレ、あげる」

すると、バッグを漁《あさ》っていたクルルが、なにかを私にくれた。

「これはなに？」

「魔道具、空調……息が、苦しい、から」

クルルが配り歩いてるのは、風をデフォルメしたデザインの小さなブローチ。

とりあえずつけてみると、途端に呼吸が楽になった。

そっか、標高が高くなって空気が薄くなってたんだね。この魔道具は、息苦しさをなくしてくれるみたい。

同じようにブローチをつけたマルコは、その効果に興奮している。

「おお……これはすごいですね！」

「すげぇ。クルルさん何者だよ……」

ケン君は貴重な魔道具をどんどん出すクルルに唖然《あぜん》としてる……気持ちはすごくわかるよ。

「んー……魔道具がいっぱいあるぅ……うぅ、お腹痛くなってきた……」

「慣れればへーきだよー」

ミュウは自分の周りにある魔道具の多さに、プレッシャーを感じてしまったらしい。

魔道具は高級品。今、私たちが身につけているものの総額は、結構なものだと思う……

ウルルはもう慣れたって言ってるけど、ミュウの反応も間違いじゃないんだよね。

っていうか、またそんなほいほいと魔道具を作って……秘密じゃなかったの？　もう隠す気ないいんじゃない？

気を取り直して、霊峰《れいほう》登山再開。

今、私たちがいるのは大体七合目くらいのところ。雲がなくなって、やっと頂上が見えた。

この先は全部氷なのか、頂上は真っ白じゃなくてちょっと青みがかった色をしていた。

あともう少しだから頑張るぞ！　と気合いを入れ直したものの……

「結構きついですね……」

「はぁ……疲れた……」

クルルの魔道具のおかげで快適だとはいえ、体力はどうしようもない。

私とケン君は早々に音《ね》を上げて、何度も回復魔法のお世話になってる。……日本人は体力ないみたいだね。

「おー！　いい眺《なが》めー！」

疲労困憊《ひろうこんぱい》な私たちとは正反対に、ウルルはたまに走りながら笑顔で進んでる。

「なんであんなに元気なの、ウルル……」

「クルルさんもですよ……さっきから全く速度が落ちてないですし」

「……ん？」

ケン君の言葉を聞いて、クルルが振り返る。やっぱりその顔はケロッとしていた。

コートン姉妹は、私たちの中で装備が最も重いはず。なのに疲れた気配すらないなんて……

「頑張って、ミサキ！」

「さぁケン、頑張ってください」

ミユウとマルコも余裕みたい……この世界の人の体力ってどうなってるの？　なんで氷でできた急斜面を登ってるのに、息一つ乱れないんだろう。

……私もだいぶレベルが上がったはずだけど、体力までは増えたりしないらしい。

それから何度回復魔法を使ったかわからないけど、どうにかこうにか私たちは雲の上まで登ってきた。夕日に照らされた山頂はオレンジ色に染まっていて綺麗……なんだけど、正直景色を楽しむ余裕は私にはない。

「今日はここまでにしましょうか」

そう提案したマルコを、ケン君が訝《いぶか》しげに見る。

「それはいいけどよ……こんな斜面にテント建てんのか？」

「いえ、それに関しては考えがあります」

……考え？

ケン君が言ったように、ここは思いっきり急斜面。テントを建てられるようなスペースはないし、一度転んだら下まで一気に落ちていきそう。休める気がしないんだけど。

「というわけでケン、あなたの出番です」

「……は？」

「ここいら一帯を、魔法で吹き飛ばしてください。下は氷なので、雪崩《なだれ》の心配はないでしょう」

「マジか……」

予想外なことを言ったマルコに、ケン君は絶句してる。考えってそういうことだったの？

確かにケン君の魔法の火力なら、分厚い氷も削《けず》れるかもしれないけど……マルコって意外と大胆なこと考えるんだね。危ないことにならないといいけど。

「ミサキさん、念のため皆さんの保護を」

「あー、うん。……【サンクチュアリ】！」

マルコの指示で、魔法を展開する。【シールド】じゃちょっと不安だから、頼れる結界を使った。

範囲を狭《せま》くした【サンクチュアリ】に皆が入ったことを確認して、マルコが声を張り上げる。

「ケン、いつでもどうぞ！」

「……おう。【バースト】！」

ケン君も諦《あきら》めて魔法を準備し始めた。

「【フレイムエッジ】！」

続けてケン君は、激しい炎《ほのお》を出す剣を横薙《よこな》ぎに振った。ズバァァァン！　という爆音とともに水蒸気が吹き上がって、一瞬視界が真っ白になる。

特に意識してなかったけど、結界は蒸気も弾《はじ》くんだね……中まで入ってきてない。

視界が戻ったときには、ケン君の前にちょっとした広場ができていた。それを見たマルコは小さく拍手をする。

「……お見事です、ケン」

「すごーい。ホントに吹っ飛ばしたー」

「すごい火力だねぇ……」

ウルルとミュウは素直に感心しているらしかった。

そんなに危ないことにもならなかったなぁ……【サンクチュアリ】どうしよう。

「結界って解除できないのかな……あ、できた」

今までやったことなかったけど、「壊れて！」って思ったら、【サンクチュアリ】は簡単に砕《くだ》けた。

時間切れとか外からの衝撃で壊れたときとは違って、キラキラ輝く粉みたいになったけど。

「わぁ……綺麗！」

風に流されていくキラキラを見たミュウが、うっとりと目を細める。

結界がなくなると同時に動き出したクルルは、平地になったところの手前でしゃがんだ。

なにか気になることでもあったのかな？

「ん？　もう、凍《こお》ってる」

不思議そうなクルルに、マルコが頷く。

「相当気温が低いのでしょうね……」

あー、なるほど。私たちは魔道具のおかげで寒さを感じないけど、ここは雲より高い山の上。とんでもなく寒いのはなんとなくわかる。

「あぁ、溶けた部分は一瞬で凍《こお》った。火力も出てねぇしな」

ってケン君も頷いてるけど……アレで火力出てないとか言うの？　分厚い氷を一気に削《けず》るだけでも十分だと思うけど。とりあえず斜面はなくなったし、泊まる準備をしよう。

「ウルル、テント、張る。手伝って」

荷物から小さな杭《くい》を取り出したクルルが、それを地面に打ちつけながらウルルを呼んだ。どうやら氷がものすごく硬いらしく、ウルルの力を借りたかったっぽい。

「ほーい」

「僕も手伝いましょう」

ウルルに続いて、マルコもテント設営の手伝いに行っちゃったし……私はなにをしようかな？　一度溶けた氷は滑《すべ》るし、歩き回るのはよくない気がする。

「……って、うん？　なにあれ？」

することがないかと思って辺《あた》りを見回してると、ふとおかしなものが見えた。

「どうしたの？　ミサキ」

「や、ちょっと気になるものが……」

ケン君が吹っ飛ばした場所の隅で、にょきっと氷からはみ出てる。

「ほら、コレ」

「あ、ホントだ……なんだろうこれ……」

滑《すべ》る足元に注意しながらその場所に移動して、ミュウと一緒に見てみる。

半分以上氷に埋《う》まっててはっきりとは見えないけど、それは金属でできた長い棒……と、氷の奥にある赤いなにかだった。

棒を抜こうとしてるのか、ミュウがはみ出た部分に手をかける。必死に踏ん張って頑張ってる。

「はっ！　うんん……！　ぜ、全然動かないよぉ……」

だけど案《あん》の定《じょう》、棒は全く動かなかった。

「そりゃそうでしょ……この氷硬いもん」

杖《つえ》の石突《いしづき》でつついてみても、傷一つできないほどだもん。

これは私たちの力じゃ取り出せないかな……うん？　ちょっと待って。

「おーい！　ケンくーん！」

「？　呼びましたー？」

「ちょっと来てー！」

こういう時は、氷を吹っ飛ばしたケン君に頼めばいいんだよ。

ミュウもなんで私がケン君を呼んだのかわかったらしく、ポンと手を打ってる。

「なんですか？　……って、なんすかコレ」

やってきたケン君も、すぐに埋《う》まった棒に気がついた。ミュウがつつくそれを、不思議そうに眺《なが》めてる。

「さっき見つけたの。それでケン君、氷溶かしてくれない？」

「あぁ……それで俺、呼ばれたんすね……」

「よろしくね」

「了解です」

炎《ほのお》を扱えるのはケン君しかいないからね。

クルルの〔爆発水薬《バーストオイル》〕を使っちゃうと、下手《へた》すると埋《う》まってる棒まで吹き飛ぶし、そもそも強力すぎるから霊峰《れいほう》じゃ使わないようにしてる。私の魔法は、貫通力はあるけど破壊力がない。

というわけでよろしくね、ケン君。

「ミュウ、少し下がろっか」

「んー、うん。そうだね」

あまり近くにいると、ケン君が魔法を使いにくいかもしれない……というか熱い。使ってる本人に影響はないみたいだけど、ケン君の魔法は炎《ほのお》を撒《ま》き散らすからね。

「いきます。【フレイムエッジ】！」

ケン君は、炎《ほのお》を纏《まと》わせた剣を地面に突き刺した。

「あ、すごい……」

普段は刃《やいば》みたいにして飛ばす魔法を、剣に纏《まと》わせた状態でそのまま使って、周囲の氷を溶かしていく。こんな使い方できたんだね。

そしてあっという間に、棒の根元まで露出させた。速い……やっぱり頼んでよかった。

「ふう……こんなもんか？　つーか、なんだコレ？」

魔法を解除したケン君が、露出した棒を見て首を捻《ひね》る。

「お疲れさま、ケン君。ありがと」

「あ、いえ……コレ、どうぞ」

ケン君が取り出したのは、大きな旗だった。

氷から見えてた部分は柄《え》の先端で、下に埋《う》まっていた赤いモノが旗の部分。長さは大体三メートルくらいかな？　見た目よりもずっと軽くて、私でも簡単に持てる。

「ミュウ、コレなんだかわかる？」

「んー……どこかの国の紋章《もんしょう》かなぁ？　よくわからないや」

「そっか……」

ミュウが赤い旗に描かれた模様《もよう》を眺《なが》めて唸《うな》った。

汚れてボロボロになってるけど、二羽の鳥が翼を交差させたようなデザインが見て取れる。ただ、残念ながらミュウでもわからなかったみたい。

と、ケン君がなにかを考えるようなそぶりを見せる。そして、「あぁ……」と声を漏《も》らした。

「マルコならなんか知ってるかもしれないです」

「そうだね、聞いてみよっか」

「うん！」

確かに、貴族のマルコなら知ってるかも……それなら早速《さっそく》聞いてみよう。丁度テントの準備も終わったみたいだし。

旗はケン君が持っていって確認してくれるらしいから、私たちは滑《すべ》らないように、あとからゆっくり行けばいい。

「こ、これはー⁉」

……って、今の声はマルコ？　今まで聞いたことがないような声だったけど。

私とミュウは顔を見合わせて、急いでマルコのところに行く。途中で転びそうになったけどね。

「どうしたのマル……うぉわ⁉」

「ミ、ミサキさん！　大発見ですよ！」

「ちょっ……痛っ⁉」

マルコのもとに着くなり、ガッ！　と肩を掴《つか》まれて、ガクガクと揺《ゆ》さぶられる。大発見だとかなんとか言ってるけど、マルコの力が強くてそれどころじゃない。肩！　肩が痛い！

「……てぇい！」

「あ痛⁉　……はっ⁉　す、すみませんミサキさん！」

「あはは……大丈夫だよ」

見かねたらしいクルルが、マルコに思いっきりチョップした。そのおかげでマルコも正気に戻ったようで、私は解放される。肩は……うん、大丈夫。これくらいなら回復魔法はいらないかな。

「マルコ……お前……」

「仕方なかったんですよ！　こんなもの見てしまったら！」

なんだか青い顔をしたケン君が呟《つぶや》くと、マルコが旗を握り締めながら叫ぶ。こんなマルコ初めて見た。

「……それ、結局なんなんだ？」

ケン君の言葉に、私はごくりと唾《つば》を呑む。マルコのテンションをここまで上げたあの旗……一体なんだというの？

「これは……この紋章《もんしょう》は、遥《はる》か昔に存在したレドニス帝国のものです」

「レドニス帝国って？」

なんだか聞き慣れない国の名前が出てきた……私が首を傾げると、マルコが解説してくれる。

「その昔、圧倒的な武力を誇《ほこ》ったといわれる国です。国を挙げた大遠征に失敗し、滅亡したといわれています」

で、そのレドニス帝国とかっていう国の旗があっただけで、なんでマルコはこんなに興奮してたんだろう？

「そして、帝国が滅亡するきっかけになった大遠征ですが、どこに向かったのか、どの程度の規模だったのか……それは謎に包まれているのです」

「隠してたのか？」

ケン君が聞くと、マルコは首を縦に振った。

「ええ。その後の調査で、北の大穴『アビス』、南にあるといわれる孤島『ユトレス』、そして東の原生林『ネティ』……ここに行ったのは判明しています」

なんとなく話が見えてきた。

マルコが言った地名は全くわからなかったけど、レドニス帝国っていう国が遠征した場所……それは調査したり研究したりされてるけど、まだ明らかじゃないってことかな。

そして今回私が見つけた旗は、わかっている場所じゃないところから出てきた。

「つまり、その旗は新発見？」

「そうです！　霊峰《れいほう》『プレシオス』への大遠征、これを帝国が行《おこな》った証拠です」

「……なるほど」

やっぱり新発見だったかぁ……まぁ、私はいまいちピンときてないんだけど。

でも、隣で聞いてるミュウがキラキラした目をしてるから、結構すごいことなのはわかる。ウルルはよくわかってなさそうだし、クルルはなにかを考え込んでるけども。

「これで研究が進むでしょう。僕は帝国の大遠征に興味があったので、大変嬉しいです」

テンション上がりっぱなしのマルコに、クルルがぼそりと言う。

「……ん、場所は、記録した」

「クルルさん！　ありがとうございます！」

うん？　やけに仕事が早いねクルル……なんか怪《あや》しい。

そう思ってミュウに聞くと、こういう歴史的な発見をした人には、特別な報奨金《ほうしょうきん》が出るらしいの。それが原因かぁ……

「……ふふ、やった。お金……」

……なんだか金の亡者《もうじゃ》みたいな顔になってるよ、クルル。

ウルルの戦斧《せんぷ》に、だいぶお金を使ったのは知ってるけど。それでもまだ《魔獣暴走《スタンピード》》のときの報奨金《ほうしょうきん》は残ってるでしょ。

「権利は、ミサキ……報奨金《ほうしょうきん》は、合同。人数で、割る」

「ええ、それで構いません」

「……成立、だね」

そのまま、クルルとマルコの間で勝手に話が進む。

確かに見つけたのは私だけど、権利とかいらないんだよね……ケン君が掘《ほ》ったんだし、ケン君の権利でいいと思うんだけど。

……なんて口を挟む間もなく、クルルとマルコがガシッ！　と固い握手をした。……もういいや。

と、ケン君が旗を持ち上げて首を傾げた。

「でもコレどうすんだ？　持ってけないだろ」

「問題、なし。私が、運ぶ……柄《え》は、いらない」

クルルはなにがなんでも持って帰るつもりだ……バックパックの荷物をひっくり返して、わざわざ一番下に入れようとしてるし。あ、棒は捨ててるんだ。まぁ、三メートルもあるようなモノ持ってたら邪魔だもんね。

「あぁっ、もったいない……けれどさすがに柄《え》は荷物になりますからね……旗だけでも持ち帰りましょう……」

マルコはちょっと残念そうだけど……って、なんか辺《あた》りが暗い？

「……うん？　もう夜？」

どうやらいつの間にか、すっかり夜になっていたらしい。

「わぁ！　すっごく綺麗……」

ミュウの声を聞いて空を見上げる。私たちは雲の上にいるから星がよく見えた。

山頂の辺《あた》りにはオーロラも出てて、すごく綺麗……こんな景色、日本じゃ見られなかったからね。

「明日は山頂まで行きましょう」

「だな。こっからが本番だぜ」

……男子は明日のことしか考えてないみたいだけど。

はぁ……まぁいいや。今日もだいぶ魔法を使っちゃったから、私ももう休もう。

いざというときに魔力切れ、なんてことにならないようにしなきゃ。

私がテントに入ると、クルルがウルルの髪に、新しい玉の髪飾りを着けてるところだった。暴走したときに壊れてそのままだったからね。

「……ん、もう、いいよ」

「ありがとー」

ウルルは嬉しそうに、クルルにお礼を言う。

新しい髪飾りは、前のよりもちょっとだけ色が濃い。そして、てっきり髪を挟んで留めてるのかと思ってたんだけど、ウルルの場合は髪に編《あ》み込んで使ってるみたいだった。

だからクルルにやってもらってたんだね。

「やっぱりあると落ち着くなー」

ウルルが髪飾りを弄《いじ》りながら呟《つぶや》く。私も、ウルルは髪飾りを着けていたほうがしっくりくる。動くたびに揺《ゆ》れるのが可愛いって思ってたからね。

……それにしても、いい加減携帯食料にも飽《あ》きてきた。

さっさと聖剣を見つけて、美味《おい》しいご飯が食べたい。よし、明日は頑張ろう……

目指せ、一日で発見！　なんてね。


翌朝、私はミュウに起こされた。

「ミサキ、起きて。朝だよ」

「……うん？　もう？」

「うん。ふふっ……ぐっすり寝てたねぇ」

確かに、昨日はなぜだかよく眠れた気がする。

いつもなら一人で起きるんだけど、今日はちょっと寝坊しちゃったみたい。コートン姉妹の姿もテントの中にはない。

急いで身支度《みじたく》を済ませてテントの外に出ると、既《すで》に皆起きて準備を始めていた。あ、テントに杖《つえ》置きっぱなしだった。取りに戻ろうとしたら、ミュウがしっかり持ってきてくれる。

「はいミサキ、杖《つえ》」

「ありがと、ミュウ」

さすがミュウ……私の持ち物まで把握してる。

「ん、できた」

クルルがテントを片づけたみたいなので、山頂に向かって出発。

……クルルの収納術はすごいよ。何人も入れるような大きなテントも、厚手の布も全部、背中に背負えるくらいに小さく畳《たた》むから。どうやってるのか全くわからないけどね。

「では、行きましょう」

「おー！」

マルコの号令に、ウルルが元気よく返事する。

起きてすぐに歩くのはちょっと辛《つら》いと思ったけど、体は結構軽い……よく眠れたからかな？　今日はそんなに魔法を使わないで済みそう。

だけど、山頂までの道のりは昨日までよりもさらに険《けわ》しい。

急斜面やとがった氷などがあちこちにあって、注意しないとあっという間に怪《け》我《が》をする。

ただ、見通しはすごくいいから、もし魔獣とかが出てもすぐ見つけられる。……こんなところに魔獣がいるとは思えないけど。

途中で何度か休憩をしつつ、私たちは山頂付近の平地に着いた。

「そろそろでしょうか？」

マルコが問いかけると、ケン君が肩をすくめる。

「これ以上は行けなそうだな……」

「そうですね……」

まだ完全に頂上ってわけじゃないんだけど、ここより上は槍《やり》の穂先《ほさき》みたいにとがった斜面が続いてる。とてもじゃないけど、私たちが登れるような感じじゃない。

そんなわけで、私たちはこの平地を重点的に聖剣を探すことにした。高低差は結構あるけど、どうやらぐるりと一周できるみたい。……ホントにあるのかな？

と、きょろきょろと辺《あた》りを見回していたミュウが、困ったような顔をした。

「んー……？　なんだろうこの反応……」

「どうしたの？　ミュウ」

反応、ってことは〈探知〉を使ってたんだね。でもそれで困るようなことってなに？

魔獣が出たとか？　一応心配だから、早速《さっそく》飛び出そうとしたウルルを呼んでおく。

「えっとね……わたしが魔獣を感知すると、そこが赤く見えるんだけど……」

「？　うん」

へぇ……そういう風に見えるんだ。……じゃなくて、それがどうしたんだろう。

「あそこからあっちまで、全部薄《うす》い赤《あか》で……なにも見えないのに」

「ええ!?」

ミュウが指したのは、私たちがいるところの先からずっと遠くまで。

それってどういうこと？　この辺《あた》りは魔獣がうじゃうじゃいるってこと？　でも薄《うす》赤《あか》ってなんだろう……魔獣は赤に見えるんだよね？

「たくさんいるとか？」

「ううん、違うと思う……全部繋《つな》がってるから、一つの大きななにかだよ……」

「……大きすぎない？」

もしミュウが指した範囲が、巨大な魔獣だったりしたら……その大きさは、かなりヤバい。広めの家くらいの範囲だったよね？　さっき指したの。そんな魔獣いるの？

私たちの会話を聞いていたウルルとクルルが、素早《すばや》く単眼鏡《たんがんきょう》を使って遠くを確認する。

「あー！　なんかあるー」

「ん、建物……？」

建物？　二人が向いてるほうが同じだから、多分見つけたものは同じなんだろうけど……この場所に建物があるの？　それってどの辺かな。ミュウの気になってる範囲と比べてみようか。

「マルコ、地図貸して」

「どうぞ」

「クルル、見つけた建物ってどこにあるの？」

マルコが持ってる地図は簡略化したみたいな図で、正直色々と情報が足りない。だけどまぁ……私たちがいるのがどの辺《あた》りかわかればいい。クルルに大体の位置を測ってもらって、その場所に印《しるし》をつける。

「ミュウ、赤くなってるのってどこ？」

「んー……この辺《へん》、かなぁ……」

そしてミュウに、〈探知〉で赤くなったところを囲んでもらった。

「……ど真ん中だね」

「偶然、ではないでしょうね」

二人が描いた部分を見てみると、見事に赤くなったところの真ん中に建物らしきものがあるのがわかった。マルコの言うように、これが偶然とは考えにくいよね。

「なにも見えないんだけどなぁ……潜《もぐ》ってんのか？」

ケン君がそう言うと、ウルルが首を傾げる。

「でも氷、透明だよー？　いたら見えないかなー？」

「それはまぁ……確かに」

確かにウルルが言うように、山頂付近の氷はとても透明度が高い。下で拾った旗みたいに、埋《う》まってても見えるくらいにね。

「一応、いつでも戦えるようにして行ってみましょうか？」

ケン君の言葉に、私は頷く。

「……そうだね。私も【シールド】かけておくよ」

「お願いします」

とにかくここで考えててもわからない……ということで、注意しながら建物に向かってみることにした。ヤバそうだと思ったらすぐ逃げる！　っていう作戦でね。

「……この辺《あた》りから、もう薄赤《うすあか》だよ」

少し歩いただけで、ミュウが感知した薄赤《うすあか》の範囲に入った。

「見た目は普通だよね？」

「ん、そんなに、変わらない」

私が聞くと、クルルが頷く。強《し》いて言えば氷の凹凸《おうとつ》が増えたくらいかな。それでも危ない感じはしない。

……すると、微《かす》かにだけど地面が揺《ゆ》れたような気がした。私の横にあった氷柱《つらら》から、コロンと欠片《かけら》が落ちる。

「うん？　地震……？」

「ミサキ、どうかしたの？」

「へ？　ううん、なんでもない……」

ミュウが心配そうに覗《のぞ》き込むので、慌《あわ》てて否定する。皆は気がついてない、か。気のせいだったのかな？　私、少し神経質になりすぎてるのかもしれないね。

そうして歩くことしばらく。私たちの前に、明らかにおかしなものが出てきた。

「これは……」

「……神殿か？」

半《なか》ば氷に埋《う》もれるようにして建つそれは、ケン君が言ったように神殿っていうのがしっくりくる……いや、建物っていうか、氷の巨大彫刻って感じかな？　近くまで行ってみると、神殿が氷でできてるのがわかった。

「すごい……なんで、ここに？」

クルルが折れた柱に触《ふ》れながらそう言うと、破片を拾ったミュウが驚きの声を上げる。

「うわぁ、これ全部氷でできてるの？」

「きれーだねー……」

ウルルも、神殿が持つ独特の雰囲気を感じたのか、ため息を漏《も》らした。

「聖剣があるとしたらここだよな」

「ええ、間違いなく。ですが……」

ケン君は一歩踏み出すけれど、マルコは戸惑ってるみたい。ケン君もすぐに、その理由がわかったようだった。

「どっから入るんだここ……」

そう、入れそうなところがどこにもない。ケン君たちはウロウロしながら入り口を探す。

霊峰《れいほう》の頂上にある神殿なんて怪《あや》しすぎるけど、聖剣なんてほんとにあるのかな？

私とミュウが一緒に探索していると、突然、ズンッ！　というお腹に響くような衝撃があった。

「うぉわ!?　揺《ゆ》れてる!?」

しかもガタガタとかなり激しい揺《ゆ》れも感じる。あまりの揺《ゆ》れに、私は立ってることすらままならない。ここにいちゃいけない！　ってわかってるんだけど、体が言うことを聞いてくれない。

氷の破片……っていうか塊《かたまり》がどんどん落ちてくる。

どうしようとか思ってると、私たちの前にクルルが現れた。

「ミサキ、ミュウ、掴《つか》まって。逃げるよ」

「うん!」

「ありがとうクルル!」

クルルは私たちに荷物に掴《つか》まるように指示する。私たちが掴《つか》まったのを確認すると、そのまま走り出した。

荷物に加えて私たち二人を担《かつ》いでいるとは思えない速度で、クルルは走る。揺《ゆ》れる氷の上でこれだけ動けるなんてすごいね……助かったよ、クルル。

……って、クルルに向かって一際《ひときわ》大きい氷塊《ひょうかい》が落ちてきてる!

このままじゃ直撃コースだけど、あれだけの質量を止めるには【シールド】じゃ心もとない。

と、近くから飛び出してきたウルルと目が合う。

あ、いい作戦を閃《ひらめ》いた……これでいこうか。

「ウルル!　アレ壊せる!?」

「ん?　へへーん、まーかして!」

落ちてくる氷塊《ひょうかい》を見たウルルは、ニッと不敵な笑みを浮かべて跳《と》び上がった。

「そぉいやー!!」

ウルルは空中で体を捻《ひね》って、氷塊《ひょうかい》に回し蹴《げ》りを叩《たた》き込む。

バカァンッ！　という大きな音がして、ウルルが蹴《け》ったところからヒビが入る。そして、まだ大きいけど、さっきよりはどうにかできそうなサイズにまで砕《くだ》けた。

「これなら！　【シールド】五連！」

クルルが走る場所に合わせて、【シールド】を並べて天井《てんじょう》みたいに展開する。落ちてきた氷で割れることはなく、全て弾《はじ》き返した。

「ん、ありがと、ミサキ」

「こちらこそぅわ!?」

クルルに返事しようとしたら、クルルが段差から跳《と》んだらしく、衝撃で変な声が出ちゃった。

私は一人で走るとものすごく遅いから、クルルに掴《つか》まったまま。

ウルルは揺《ゆ》れる地面でも問題なく走れるようで、クルルの荷物から手を離し、〈身体強化〉を使ったっぽいミュウと一緒に走ってる。

男子たちは離れたところにいたけれど、ケン君は魔法を、マルコは盾《たて》を使いながらこっちに向かって駆けていた。そして、なんとか神殿から離れられた。

「……脱出！」

「助かったよクルル。ありがとう」

「ん、どういたし、まして」

不思議なことに、ここは全く揺《ゆ》れていない。揺《ゆ》れているのはミュウが薄赤《うすあか》だって言ったところだけみたい。登ってきた場所は無事で、全員無傷で脱出できた。

「！　さっきのところ、真っ赤になってる！」

ゴゴゴゴ……と地響きが鳴る中、ミュウが悲鳴に近い声で叫ぶ。

真っ赤になったってことは、さっきの薄赤《うすあか》だったところは……ちょっと考えたくない。

でも現実はそう甘くないらしい。揺《ゆ》れていた神殿周辺の地面がゆっくり、ゆっくり持ち上がっていく。

「うっそ……なにアレ……」

そうして私たちの前に現れたのは、怪獣映画もびっくりの超巨大なカメだった。いや、カメっぽい魔獣なんだろうけど。大きすぎて全体像が把握できない。霜《しも》を纏《まと》う体は淡い青。氷だと思ってた部分は、あのカメの甲羅《こうら》だったらしい。神殿は、あのカメの背中に建っていたってわけ……冗談じゃない。

「……アレ、マジで魔獣かよ！　デカすぎんだろ!?」

「冗談だと、思いたいですね……」

ケン君とマルコは呆然《ぼうぜん》としちゃってる……でも、今はそんな場合じゃない。

「クルァァァァァァァンッ‼」

「うるさー⁉」

カメがただ鳴いただけで、ありえないくらいの衝撃が私たちを襲《おそ》う。

「くぅ……【サンクチュアリ】！」

ウルルが叫びたくなるのもわかる。私は咄嗟《とっさ》に結界を張って音を遮断《しゃだん》した。

もしあのままだったら、鼓膜《こまく》が破れるだけじゃ済まないで、吹き飛ばされていたかも。

まさに圧倒的な存在。

イメージが不完全だったのか、結界はすぐに壊れた。

「『……に力を示したとき』、ね。それってアレのことかな？」

王城で見たボロボロの紙。アレに描いてあった巨大なカメっぽいものは、この魔獣のことで間違いなさそう。

「おそらくそうでしょう……まさか、これほどとは……」

「マジか……」

予想外すぎる相手に、マルコもケン君も唖然《あぜん》とする。でも、あの紙に描いてあるってことは、このカメと聖剣は、無関係じゃないってこと。……どうしよう。

「逃げようよぉ……勝てるわけないよぉ!?」

「痛い痛い痛い」

ミュウが私をガクガク揺《ゆ》さぶりながら、目に涙を浮かべて叫ぶ。〈身体強化〉を発動しっぱなしだから痛いよ、ミュウ。……っていうか私もさっさと逃げたい。あんなの見なかったことにしたい。

ウルルとクルルも、驚いてるみたい。

「うわー……でっかーい……」

「戦うとか、やめてよ」

「無理に決まってるじゃんあんなのー!?」

なんとあの、どんなに大きな魔獣でも突っ込んでいくウルルが、一瞬で戦うことを諦《あきら》めた。それほど絶望的な大きさをしてるってこと。アレにどうやって力を示せばいいの？

すると、巨大カメがゆっくりと頭の向きを変えた……のは別にいいんだけど。

「……ねぇ、こっち向いてない？」

どう見ても、私たちのほうを見てる。

私たちを捉《とら》えたのか、黄色に輝く目がカッ！　と一瞬光ったような気がした。そしてカメの開いた口に、徐々に青白い光が集まっていく。

「おいおいおいおい!?」

ものすごく動揺するケン君をマルコが強引に引っ張って、大声で叫ぶ。

「逃げましょう！　早く！」

あのカメはなにかするつもりだと悟って、皆慌《あわ》てて走り出す。

だけど、私はなんとなく間に合わないような気がして、咄嗟《とっさ》に魔法を使っていた。それもかなり無茶して。

「【サンクチュアリ】！　【シールド】五連！　【リフレクト】五連！」

――――ボッ！

何枚もの盾《たて》が私とカメの間に展開される。

その直後、視界が一瞬真っ白になって、凄《すさ》まじい衝撃が襲《おそ》ってきた。

イメージが曖昧《あいまい》になって【シールド】を解除しないように頭痛を堪《こら》えながら前を見ると、展開した魔法が極太《ごくぶと》の光線に簡単に壊されていた。

あっという間に魔法が破られて、最後に残った【サンクチュアリ】に光線がぶつかる。

「「きゃぁぁぁぁ!?」」

「「うおぉぉぉ!?」」

地面が激しく揺《ゆ》れて、皆の悲鳴が響いた。そしてすぐに、ビシッ……と結界にヒビが入る。

このままじゃ、皆まとめて消し飛ばされる……それだけは、絶対にさせない！

頭が焼き切れてもいい！　私は限界を超える！

「【シールド】五連！　【サンクチュアリ】！」

「クァァァァァアンッ!!」

またカメが大声を上げて、地面がグラグラと揺《ゆ》れる。

バリバリと、凄《すさ》まじい重圧が朦朧《もうろう》とする私にのしかかった。霞《かす》む目を擦《こす》って、気合いで耐《た》える。ビシビシと結界が軋《きし》む音が聞こえた気がする。

「【サン……クチュアリ】！」

ちゃんと発動したのかどうかはわからない。でも皆を守らなきゃって、詠唱《えいしょう》を続けた。

それからどれくらい経ったのか……数秒だった気もするし、もっと長いようにも感じた。

ふいに青白い光が消えて、体にかかっていた重圧がなくなった。

「……ぁ……」

ダメ……もう立ってることもできない……そもそも立っていたのかどうかすらわから

ない。

「ミサキさん！」

ケン君の声が聞こえたような気がしたけど……スッと音が消えて、私の意識は途切れた。


――――……


「……キ……サキ！」

「……ぅ……」

「ミサキ！」

私を呼ぶ声が聞こえて、徐々に意識がはっきりしてくる。

背中にふわっとした感触があるから、どうやら私は毛布の上に寝かされているみたい。

そして目の前には、クシャッと顔を歪《ゆが》めて涙を流すミユウがいる。私を呼んでたのは、ミユウだったんだね。

「……ここは……っとと」

起き上がろうとしたけど、体に力が入らなかった。慌《あわ》ててミユウが私を支えてくれる。

「ま、まだ動いちゃダメだよぉ！」

「……うん……」

すごくだるくて体が重い……大人しく、ミュウの言うことを聞こう。

そして気がついたけど、ここ……テントの中だ。近くにぼんやりと光るクルルの魔道具がある。

どうやら私が意識を失ってる間に、どこかに移動してキャンプしてたらしい。

「皆は？」

「全員無傷だよ……ミサキのおかげで」

「そっか……よかった」

あのあとどうなったのかをミュウに聞くと、破壊光線を私が防いだから、誰も怪我《けが》はしなかったらしい。そして倒れた私を連れて、急いでカメの魔獣の前から撤退《てったい》したんだとか。

ここはカメがいたのとは反対側の斜面の上。カメがいるところを下りるよりも安全だと判断したんだって。

すると突然、ミュウが私に抱きついてきた。背中に回された手に、ぎゅうっと力が入ってる。

「もうあんな無茶、しないでっ……」

「……うん、ごめんね」

ミュウ……いや、皆にものすごく心配をかけたみたい。

怒ったミュウに、絶対に無茶はしないで！　って何度も釘を刺されてしまった。

ひとしきり注意されたあと、ミュウは涙を拭《ぬぐ》って微笑む。

「でも、ありがと……」

「……ううん」

本当に、皆が無事でよかった。

そのあとも、入れ代わり立ち代わりやってくる皆に、感謝とお説教をされた。

特にケン君なんかはこっちが心配になるくらいに憔悴《しょうすい》してて、無意識に回復魔法を使おうとしてミュウがさらに怒った。……ごめん、気をつけます。

そしてクルルによると、私が倒れたのは魔力を完全に使い切ったかららしい。

というわけで、ウルルが飲まされたあの緑の液体を、私ももらってしまった。

魔力を回復する薬だそうだけど、逆に具合が悪くなりそうな苦さだった。

まぁでも、クルルなりの気遣《きづか》いだよね……って無理矢理納得して飲んだ。……苦い。

「……ミサキさん、顔色悪いですけど、大丈夫ですか？」

ケン君が私の心配をしてくれるけど、私の顔色が悪いのはクルルの薬を飲んだからだよ。

「大丈夫……苦すぎただけだから……」

「？　あぁ……アレか……」

ケン君も思い至ったらしいアレ、私の想像以上に苦くて気持ち悪くなった。でも体は軽くなったんだよね……もうちょっと、味はなんとかならなかったのかな。……まぁそういうわけだから、私のことは放っておいて。

そして、私が動けないから、今後の作戦会議はテントの中ですることに。

私とケン君をチラリと見て、マルコが話を進める。

「では、もう一度確認しましょう」

「私が見た鳥のことー？」

ウルルの言葉に、マルコが頷く。

「ええ、ミサキさんは聞いていないので」

鳥ってなに？　って思ったけど、皆は一度聞いているのか。なんだろう？　と、私はウルルの話に耳を傾《かたむ》ける。

「ミサキが倒れたあとにさー、空にでっかい鳥がいたんだよねー」

「でっかい鳥……？」

「そー。でさー、逃げてるときに鳥がカメと戦ってるのが見えたんだー」

あのカメと戦える大きさ？　ウルルが言ってる鳥は、私が想像してるのよりもずっと大きいのかもしれない。

それに気がついたのは、最後尾を走っていたウルルだけだそう。だから具体的な大きさはわからないけど……

「すっごくおっきかったよー。あんなの、勝てないやー」

ウルルがそう言った瞬間、皆が凍《こお》りついた。コレは聞いてなかったらしい。

「……ウルルでも無理なの？」

「むりむりー。カメより強そうだったもーん」

「「「「……」」」」

それはもう魔獣とかそういう次元じゃないんじゃ……あのカメより強い鳥って、なにそれ。

ウルルが勝てないと断言するほどの存在？　なんとなく嫌な予感がするのは私だけかな？　なんで今、この話題が出てきたの？

「あとはあの作戦でいくしかないな……」

ケン君が厳しい表情で言う。マルコは頷いて、私に告げた。

「その鳥の魔獣を利用して、カメの魔獣を倒します」

「……本気で言ってる？」

「「はい」」

マルコの、そしてケン君の顔は、とても冗談を言ってる感じじゃない。本気で、あのカメに勝とうとしてるらしい。どうしてそこまで聖剣にこだわるのか、私にはわからないけど。

「もう一度、あのカメの攻撃を防ぐのは……私には無理だよ」

「それは……わかってます」

真剣な顔のケン君のあとに、マルコが続ける。

「その上で、ミサキさんにお願いがあります」

私の魔力を全て使っても、カメの攻撃は一発しか防げない。大切なパーティーメンバーのミュウたちに止められてるから、無茶な魔法も使えない……いや、使わない。

それを承知の上で、私に一体なにをさせようっていうの？

あれだけのことがあっても、まだカメに挑《いど》もうとする男子たち。

一回本気で怒ったほうがいいかな？　と思ったとき、ウルルがポンと私の肩に手を置いた。

「ミサキー、多分そんなに難しくないよー」

「え？」

「ん、簡単……」

クルルまで。私が不機嫌なのを察したのか、頭を撫《な》でてくる。……私、そんなに子供じゃないよ。

マルコがなにをさせようとしてるのかはわからない……なら、一回聞いてみよう。

それでダメそうなら、そのときはひっぱたいてでも下山させる。

「それで、私になにを？」

「魔法を使い、遠距離からカメ魔獣の攻撃を誘ってください」

「はぁ!?」

とんでもないこと言うね、マルコ！

確かに私の【フォトンレイ】なら、かなり遠くを狙うことはできる。

だけどそれを、よりによって囮《おとり》に使おうだなんて！

それじゃあ私に死ねって言ってるようなものだよ!?

「どーどーミサキー。怒らないのー」

うがー！　と怒った私を、ウルルががっしりと羽交《はが》い締《じ》めにする。

「ちゃんと考えてあるみたいだから、最後まで聞こうよぅ……」

「落ち、着いて」

さらに、ミュウとクルルがものすごい速さで紅茶と果物を乾燥させたおやつを用意した。

なんで、こんなに手慣れた感じで私を宥《なだ》めるの……？　まさか、練習してたとか言わないよね？

まぁでも、なんとなく怒る気も失《う》せたから、ミュウの言う通り最後まで聞こう。

どのみち、ウルルに捕まったままじゃなにもできないし。

……って、ケン君はなにをそんなに怯《おび》えてるの？　なんでその場で正座を？

「……せ、説明が足りなかったですよね……マルコ」

青い顔をしたケン君が、なぜか土下座っぽい格好になった。そのまま器用に、隣のマルコをつつく。

「はい。カメ魔獣に攻撃をさせることで鳥魔獣を呼び寄せ、この両者を争わせます」

マルコの説明に、ケン君が付け足した。

「鳥はカメの声に反応していた……って、ウルルさんが」

カメの声に反応する鳥を使って、カメを倒す……もしくは弱らせるつもり？

でも本当にそんなことできるの？　そもそも声に反応するっていうのはどういうことなのかと思って、私を捕獲しているウルルに聞く。

「ウルル、鳥の声に反応ってどういうこと？」

「んーっとね、鳥が来たときにー、私さー、目が合ったんだよねー。それでヤバーって思ったんだけどー、カメが吠《ほ》えたらそっち行っちゃってー」

鳥と目が合った……ウルルが勝てないって断言したのはそのせいかな。もう少し詳しく聞いてみよう。

「攻撃されそうになったけど、標的が変わったあとは、ずっとそっちの相手してたってこと？」

「そーいうことー」

なるほど……それで、鳥を利用するなんて馬鹿げた作戦を思いついたのかな。

でもそれなら、なんで私がカメを攻撃しなきゃいけないのかがわからないんだけど。

するとクルルが、一枚の紙を取り出して見せてくれた。描いてあったのはカメのスケッチと、背中に向かって伸びる矢印《やじるし》みたいなマーク。

「実は、あのあと、こっそり、見てきた」

「……カメを？」

「そう。もう、鳥は、いなかった。けど、好都合、だった」

クルルのスケッチは、カメを倒さずに背中に登って、神殿の中にあるかもしれない聖剣を持って帰ってくる作戦を描いたもの。そしてカメに気づかれないためには、カメの注意をどこかに引きつけておかなきゃいけない。……それで私の魔法なんだ……うん？

「待って、誰がそこに行くの？」

動く巨大魔獣の背中に登るなんて、そう簡単にできることじゃない。激しい揺《ゆ》れと落ちてくる氷塊《ひょうかい》に気をつけなきゃいけないのに。

「それはもちろん、俺とマルコ、あとは機動力のあるウルルさん……です」

ケン君が言うと、ミュウが尋ねる。

「んー……わたしとクルル、ミサキは残ってカメの注意を引くの？」

「そうなります」

それで本当にうまくいくかなぁ……カメに登るケン君たちはもちろん、遠くから気を引く私たちでさえ危ない。どちらもちょっと油断したら死んじゃう。

止めようか迷ったけど、もう皆がやる気になっててできなかった。

作戦は決まったし、こうなったら私は、誰も死なない……怪我《けが》しないように全力を出すだけ。

……とはいっても怖いものは怖い。どうかうまくいきますように。

「ねぇ……ホントにやるの？」

翌朝、私たちはギリギリカメが見える辺《あた》りに来ていた。

昨日見たときと全く変わらないその圧倒的な存在感に、破壊光線の威力を思い出しちゃった。

「き、昨日あれだけ考えたんですから……だ、大丈夫ですよ！」

なんだか動きが硬い気がしたケン君が、震えながら大きな声を出す。

「……ケン君も怖いの？」

「いやそんな！　……すみません怖いです」

少し声が裏返ったから気になって聞いたけど、やっぱりケン君も怖いらしい。

隣を見たら、ミュウもぎゅっと手を握って少し震えていた。……やめたほうがいいんじゃ……？

と、先頭で単眼鏡《たんがんきょう》を構えていたウルルとクルルが同時に「あ」と声を漏《も》らす。

「ごめーん皆ー……作戦無駄になっちゃったー」

「……ん、鳥が来た」

「「「はぁ!?」」」

覚悟もなにもできてないこのタイミングで!?　さすが魔獣……こっちの予想なんて軽く超えてくるね。

ウルルたちが指すほうには、小さく空に浮かぶ影が。かなりの距離があるはずなのに、鳥のシルエットだとわかる。

あっという間にカメに接近したその鳥は、翼を広げてるのもあって相当大きく見えた。カメの甲羅《こうら》部分の大体半分くらい？　あの巨体でどうやって飛んでるんだろう。姿かたちは鷹《たか》に似てるけど。長い尾羽と金色の羽毛が目立つ。その鳥は、一目散にカメに向かっていった。

「クルァァァァアアン！」

「ピュイイイイイ！」

そして突然始まった、魔獣同士の戦い。どちらも超巨大だから、ここからでもよく見える。

耳が痛い……ってほどでもないけど、お腹に響くような咆哮《ほうこう》が聞こえる。

「ピュイイイイ！」

「クァァァン!?」

とんでもない速度で飛ぶ鳥は、なんと翼を炎上させて炎《ほのお》を撒《ま》き散らした。

まさかそんな攻撃をすると思ってなかったから、すごく驚いたよ。

炎《ほのお》はカメの背中に命中したけど、そこまでダメージはないっぽい。軽く身じろぎした程度。

すると今度は、カメが口に青白い光を集める。あの破壊光線を撃《う》つつもりかな。

こっちに向いてるわけじゃないのに、ブルリと体が震えた。

「クルァァァァ！」

「ピュルルル!?」

そして、ゴッと青白い光が空《くう》を裂《さ》いて、光線が掠《かす》った鳥がバランスを崩《くず》して高度を落とした。

……え？　私あんなの止めたの？　よく無事だったなぁ。

同じく光線が掠《かす》めた霊峰《れいほう》の山頂が少し削《けず》れたのは、なんの冗談!?　って言いたくなるもん。

そして今度は、火炎放射みたいな鳥の攻撃と、さっきよりもチャージ時間が短いカメの光線が、両魔獣の間で衝突する。閃光《せんこう》が弾《はじ》けて、かなり離れてるはずの私たちのところにまで、あたたかい風が吹いてきた。

こんなのと戦おうとか、だいぶ無茶がすぎる。

「……俺、魔獣舐《な》めてたぜ」

「僕もです……想像以上でしたね」

「ミサキさんが怒るのも無理ねぇわ……」

ケン君とマルコが、ぼそりと呟《つぶや》く。

私が怒ったのはそこじゃないんだけど……まぁいいや。アレにケンカ売る気がなくなったのなら、なんでも。

魔獣の攻撃がぶつかり合うたびに、ドカーン！　という音が何度も何度も響く。

このまま霊峰《れいほう》が崩《くず》れ落ちたりしないよね？　と、不安になり始めたとき……カメに動きがあった。

「クルァァァァァッ!!」

なんとカメの背中に青白い光が集まって、ドバッ！　と一気に空に向かって放出された。

「……マジか」

そんなありえない攻撃を見たケン君から表情が消えた。

うん、背中に登ってたら即死だったね。

「ピィッ!?」

圧倒的な攻撃を避《さ》けきれなかったらしい鳥の魔獣の翼に、細い光線が何発も命中する。

燃える翼から炎《ほのお》が消えて、鳥の魔獣は地面に落ちた。

それもなんの偶然か、私たちとカメ魔獣の直線上に。

落ちた鳥に向かって、カメが口を開く。

あーもう、やっぱりこうなる！

「皆、逃げるよ」

「え？」

「光線がこっちに飛んでくる」

「「「「!?」」」」

さっきの山頂を削《けず》ったときの攻撃なら、私たちがいるところまで余裕で届くはず。青白い光がどんどん強くなってるのを見ると、もしかしたらそれ以上の威力かも。

皆で慌《あわ》てて移動する。かなりの距離を移動したと思うけど、念のため魔法で防御しておこう。

「【シールド】三連！　【サンクチュアリ】！　きゃあっ!?」

そして結界を張った直後、さっきまで私たちがいたところが、青白い光に包まれて消失した。

少し遅れて、とんでもない揺《ゆ》れとなにかが崩《くず》れるような音が私たちに届く。光線で吹き飛ばされたんだ。あんなのまともに受けてたら即死……いや、消滅してたよ。

しかもなんと、衝撃だけで【シールド】が割れた。その後も、大量に飛んでくる氷塊《ひょうかい》が結界にぶつかって、嫌な音を響かせる。

しばらくして揺《ゆ》れはおさまった……けど、目の前の惨状《さんじょう》に皆、言葉が出ないらしい。

「なにこれぇ……デタラメだよぉ……」

目の前の、なにもなくなった地面を見たミュウが、ぺたりとその場に座り込んだ。

「これは、また……」

マルコも呆然《ぼうぜん》と立ち尽くしてる。

規格外どころの騒《さわ》ぎじゃないよコレ……文字通り、化け物じゃん。こんなのと戦おうとしてたの？　ヤバすぎる……

するとそのとき、ズズゥーン……という大きな音と一緒に、また地面が激しく揺《ゆ》れた。

「こ、今度はなにぃ!?」

ミュウの悲鳴が響く。もしかしたら、また光線が飛んでくるんじゃ……って思って、いつでも魔法が使えるように身構える。けど、飛んできた氷塊《ひょうかい》の陰になっててカメが見えない。

これじゃ、どっちを向いているのかわからないよ！　光線が直撃するようだったら逃げなきゃいけないのに！

私が焦《あせ》る一方で、ウルルがヒョイッと氷塊《ひょうかい》の上に飛び乗る。

「よいしょー！」

まさか、カメの向きを確かめるつもり？　ウルルだって、危険なのはわかってるはずなのに。

「あれ？」

ところが、ウルルは構えていた戦斧《せんぷ》を下ろして首を傾げた。

そんなウルルの行動を不審がったのか、クルルが問いかける。

「どうした、ウルル」

「んー？　カメいないよー？　見てみてー」

ウルルが緊張感のない声で、私たちを手招きした。

カメがいないってどういうこと？　さっきまであんなに暴れまわってたのに。……うん？　さっきまで？

そういえば、地面が揺《ゆ》れてからは、カメの声もなにかが壊れるような音も聞こえない。

不自然なくらいに、辺《あた》りが静かになってる。私たちは氷塊《ひょうかい》の陰から出て、カメがいたほうをうかがう。

「……ホントにいない。どういうこと？」

ウルルの言う通り、さっきまでいたはずのカメが、忽然《こつぜん》と姿を消していた。遮《さえぎ》るものがなにもなく、光線に破壊されて殺風景《さっぷうけい》になった平地に、あの目立つ巨大な姿はない。

「マジでなにもねぇな。また潜《もぐ》ったのか？」

「鳥の魔獣も消えていますね……やはり、先ほどの攻撃で？」

ケンくんとマルコが、辺《あた》りを見回しながら呟《つぶや》く。

マルコも言ってるけど、鳥の魔獣はさっきの破壊光線でやられたんだと思う。地面に落ちたときには、もうボロボロだったし。

だけどカメは、正直よくわからない。ケンくんの言うようにまた潜《もぐ》ったのか、それとも本当に消えちゃったのか。

「んー……ここからじゃ、遠くて探知できないなぁ……」

ミュウが残念そうに言った。〈探知〉の方向を絞《しぼ》っても、カメがいたはずの場所までは届かないらしい。

するると、それを聞いたマルコが、ぐるりと私たち全員を見てから言う。

「では、とりあえず、行ってみませんか？」

「そう、だね……」

私は正直行きたくないんだけど、確かに気になるんだよね。幸か不幸か、氷が削《けず》れて道ができたし、注意しながら行けばいいかな。

ミュウの〈探知〉で警戒しながら、カメがいたところまで慎重に向かう。その途中、何枚かの金色の羽と焦《こ》げた長い尾羽を見つけた。コレ……さっきの鳥魔獣の残骸《ざんがい》だよね？

「ん、もらって、いく」

その残骸《ざんがい》はクルルが残らず回収した。誰も見たことのないような魔獣の素材なんて売れないでしょ……って思ったら、加工して魔道具にするらしい。

炎《ほのお》を吐く鳥の素材でできた魔道具……一体どんなものが出来上がるのかな。

そんなことを思ってるうちに到着……したはずなんだけど、ミュウが困ったような顔をしてる。

〈探知〉になにか引っかかったのかな？

「ミュウ、どうしたの？」

「んー……えっとね、〈探知〉になにもかからないの」

違った、逆だった。ここまで来ても、魔獣の気配はしないらしい。

「ここにはなにもいないってこと？　でもコレ……カメの背中じゃない？」

私たちの目の前には、よく見ると氷とは違う質感の地面が広がってる。多分ここは、あのカメの背中だと思う。

「うん、わたしもそう思う……でも、真っ白だよ」

だけど最初に来たときとは違って、ミュウはなにもいないって判断した。〈探知〉では、なにもいないように見えてるらしい。……もうここまで来ちゃったなら、多少の無茶はしてもいっか。

「ウルル、ちょっとこの辺叩《たた》いてくれない？」

「え？　わかったー」

ウルルが思いっきり叩《たた》いて、なにも起きなかったら安全。カメがまた出てきたら全力で逃げる。

できたら、なにも起きてほしくないけども。

「そぉーいっ！」

不思議そうな顔をしながらも、思いっきり戦斧《せんぷ》を叩《たた》きつけるウルル。

ガイインッ！　という硬い音が響いて……それだけだった。少し待ってもなんにも起こらない。

「……大丈夫そうだね」

私が言うと、ミュウも頷いた。

「〈探知〉も変わってないよ」

「行っても大丈夫ってことですかね？」

「多分ね」

首を傾げるケン君に、とりあえず答えておく。

どういうわけなのかわからないけど。カメはもう動かなそう。ミュウも変化なしだって言ってるし、このまま行っても大丈夫かな。

戦闘で色々崩《くず》れたのか、カメの背中は前に来たときとは様変わりしていた。氷が剥《は》がれ落ちたところからは、青い甲羅《こうら》っぽい部分が見えてる。こうやって見ると、ここが生き物の上なんだってことがよくわかるね。

「ありました！」

辺《あた》りを捜索していたケン君が神殿を見つけた。

「おぉ、そのまま残っていますね」

確かにマルコの言う通りなんだけど……前に来たときとは違うところが一つ。

「ここから入れるよー」

ウルルが指すほうにあったのは……

「ん、入り口？」

そう、氷が崩《くず》れて入り口みたいなところができていた。

荷物を背負ったクルルが通れる幅《はば》があって、中もしっかりした造《つく》りになってるらしい。

崩《くず》れる心配はないかな。

中は明かりが入らないらしく、暗かった。

隣にいるミュウは見えるけど、遠くまで見えないと不便……魔法使おう。

「【エミスト】！　……あ」

辺《あた》りを照らしたら、奥に置いてある……というか刺さった剣があるのが見えた。

「あっ……」

「これは……」

どう見ても普通じゃないソレを見たケン君とマルコが、顔を輝かせる。

「なんか普通に見つかったけど……これが聖剣？」

「おそらく。不思議な力を感じますし」

「へー、抜けるかなー？」

私とマルコが相談してる間に、ウルルが剣の柄《つか》を掴《つか》んだ。そして思いっきり力を込めて引き抜こうとする。……だけど剣はびくともしない。

「ぬあー！　抜けなーい！」

ウルルでも抜けない……となると、力で引き抜くのはちょっと無理かな？　マルコが少し微笑みながら言う。

「やはり勇者が必要なのでしょうか？」

「よし、俺の出番だな！」

諦《あきら》めたウルルに代わって、柔軟体操をしながらケン君が前に出る。気合いが入ってるなぁ。

と、ケン君が聖剣の柄《つか》に触《ふ》れた途端、カッ！　と聖剣が輝いた。

「うおっ!?」

そして特になにもしていないのに、勝手に抜けた聖剣がケン君の手におさまる。

これは、さすが勇者というべきかな？　本人は呆気《あっけ》にとられたような顔をしてるけど。

「おめでとうございます、ケン。無事に聖剣を獲得しましたね」

ケン君に、マルコが拍手を送る。

「すごーい。びくともしなかったのにー」

「ん……勇者、しか、引き抜け、ない？」

ウルルとクルルは単純に感心したって感じかな。私とミュウも拍手する。

最後は呆気《あっけ》なかったけど、苦労して手に入れた聖剣。ようやく実感が湧《わ》いたのか、ケン君が笑顔になった。

「ぃよっしゃぁ！」

聖剣は、ケン君がいつも使っているのよりも大きいサイズ。だけど、重さなんて感じないとばかりに片手で振り上げるケン君。勇者が持つと軽くなったりするのかな。

そんなことを考えた瞬間。

「ひゃぁぁっ⁉」

ゴゴゴゴ……という音とともに、下から突き上げるような凄《すさ》まじい震動が、私たちに襲《おそ》いかかった。衝撃で転んだミュウが、悲鳴を上げる。

「きゃっ⁉」

「ん、無事？」

「う、うん。ありがとうクルル」

私も転びそうになったけど、近くにいたクルルが素早《すばや》く支えてくれた。おかげで、なんとか耐《た》えられた。この揺《ゆ》れは、ここに初めて来たときと同じ……いや、それ以上の強さ。

「これは、まさか！」

「うそだろおい！」

マルコとケンくんが顔色を悪くしながら叫ぶ。

そうだよね、ここが揺《ゆ》れるってことは、つまりカメがまた動き出したっていうことなんだから。

「てったーい！」

ウルルの号令で、ハッとした皆が、慌《あわ》てて神殿から逃げ出した。

震動で立っていられなくなった私は、またクルルの荷物に掴《つか》まって移動する。

「くぅ……！」

だけどクルルも、激しい揺《ゆ》れに足を取られてるみたい。思うように進めないのか、クルルが悔《くや》しそうな声を出す。

足手まといなのはわかってるけど、なにか私にもできることはないかな？……あ、そうだ！

「【シールド】五連！　クルル、この上を走って！」

地面、っていうかカメの背中が揺《ゆ》れてるなら、そこを踏まなければいいんだよ。道をイメージして、長くて人が歩ける幅《はば》はある長方形の【シールド】を展開して、五枚繋《つな》げる。

「ん！」

クルルもすぐに理解したらしく、半透明の【シールド】に飛び乗った。

地面から少し浮かせているので、揺《ゆ》れを感じることはなくなった。私もこれなら走れるから、クルルの荷物を離す。足場が安定したから、私とクルルは全速力で走った。皆も、クルルと私のあとを追うように【シールド】の上を駆ける。

神殿を出てからも、前だけ見てひたすら走り続けた。

「はぁ、はぁ、はぁ……」

結構な距離を走ると、【シールド】から降りて、足元が揺《ゆ》れてないのを確認する。カメの背中からは脱出できたっぽいね。

皆が地面に降りたのを確認してから【シールド】を解除する。……かなり疲れたよ。

乱れた息を整えて顔を上げると、そこには呆然《ぼうぜん》と目を見開いて固まったクルルがいた。

「……うわぉ」

ポツリと、そんなクルルの口から声が漏《も》れる。

「「……」」

ケンくんとマルコもぽかんと口を開けて、私の後ろを見ていた。

ものすごく嫌な予感がする。私も恐る恐る振り返ってみると……

「……うそ」

そこには、輝く目でしっかりとこっちを見ているカメの魔獣がいた。

背中の氷は剥《は》がれ落ち、霜《しも》を纏《まと》った青い甲羅《こうら》があらわになっている。

その巨体からは、ありえないくらい大きなプレッシャーを感じた。

カメが一回だけ足踏みをする。まだ距離はあるのに、たったそれだけで地面が揺《ゆ》れて強い風が吹いた。

マルコはその風で我に返ったみたいで、一歩後ずさりながら言う。

「こ、この前より大きくないですか？」

「なってるー……」

すっかり戦意をなくしたような、小さな声でウルルが答えた。ウルルがこんなに怯《おび》えてるの、初めて見た。

そんな私たちに向かって、カメがゆっくりと口を開いた。そこに、何度も見た青白い光が集まっていく。

「……皆、逃げて！」

慌《あわ》ててそう言ったけど、逃げる前に消し飛ばされる！

「どど、どうしよう！」

「死ぬ、死ぬ。やだ……」

徐々に強くなっていく光に、ミュウとクルルがパニックになった。これじゃあ逃げることもできないよ！

私が全力で魔法を使ったとしても、カメの破壊光線は一発しか耐《た》えられない。それに、もし光線の威力が上がっていたら……

「ダメ、間に合わない……！」

もう打つ手はないの？　ここで、私たちは死んじゃうのかな。

そこまで考えたところで、ふと目の前にいたケンくんと目が合った。

そして私の視線は、不思議とケンくんが手に持っていた聖剣に吸い寄せられる。

「ケンくん！　あれなんとかして！　倒して！」

気がついたら、そんなことを言っていた。

……言ってから、だいぶ無茶なこと言ったかな、って思った。でももう、聖剣を手に入れたケンくんに期待するしか、皆が助かる道はないんだよ！

「え……えええええ!?」

一拍遅れて、ケンくんが驚きの声を上げる。

「俺は……」

「お願い！」

ケンくんがなにかを言いかけたのを遮《さえぎ》って、ありったけの大声を出す。もう時間がないの！

私を見て目を見開いたケンくんは、すぐに表情を真剣なものに変えた。

そして、カメに向かって走り出す。

「く……ぉおおおお！」

ケンくんが持つ聖剣は、ケンくんの気合いに応《こた》えるように白く輝いている。

「クァァァアン！」

ついに、カメが青白い破壊光線を私たちに向けて撃《う》ってきた。同時に、ケンくんも聖剣を振り下ろす。

「うぉおおおお！」

カメの光線と、聖剣が発する白い光がぶつかった。

その瞬間、凄《すさ》まじい衝撃が私たちを襲《おそ》う。強い光が弾《はじ》けて、氷を抉《えぐ》るほどの風が辺《あた》りに吹き荒れた。

「「「……っ！」」」

「ぐぅ……！」

マルコが盾《たて》を構えて、私たちの前に立って防御してくれる。

【シールド】がかかってないから衝撃をもろに受けてるはずなのに、マルコは一歩も退《ひ》かなかった。ありがとう、マルコ！

カメの光線と聖剣の光が拮抗《きっこう》したのは、ほんの一瞬。

青白い光線を切り裂くように、聖剣の光が突き進む。

「クァァ!?」

そのままカメに直撃した光は、カッ！　とさらに強く光った。耐《た》えられなくて、私はぎゅっと目を瞑《つぶ》る。カメの悲痛そうな声が響いた。

しばらくして、私が恐る恐る瞼《まぶた》を開けると、そこにはさっきまでとは違う意味でびっくりする光景が広がっていた。

「「あっ！」」

私とミュウの驚きの声が重なる。

「「おおー」」

ウルルとクルルも、そっくりな感嘆の声を上げた。

……私たちの目の前には、甲羅《こうら》と足が大きく傷ついたカメの姿があった。倒せたのかどうかわからないけど、とりあえず今は動いていない。

「すげぇ……これが聖剣の力か……」

ケンくんが聖剣を眺《なが》めながら、私たちのもとに戻ってきた。聖剣は、役目は終えたとばかりに輝きを弱くしている。ピンチのときに、力を貸してくれるのかな。

でも今回は、ケンくんのおかげで私たちは助かった。あの状況で、無茶なお願いをしたのに、ケンくんはカメに向かっていってくれた。

「ケンくん、ありがとう！」

「い、いえ、それほどでも」

私がお礼をいうと、ケンくんは照れているのか、顔を赤くして頭を掻《か》いた。これで安心かな。

「ぐっ……」

……と思ったら、後ろから呻《うめ》き声が聞こえる。……って、ああっ！　マルコの回復忘れてた！

「ご、ごめんねマルコ。【ハイヒール】！」

慌《あわ》ててマルコの治療をする。幸い大きな怪我《けが》はしていないみたいだけど、放置しちゃったお詫びも兼ねて、効果の高い回復魔法をかける。

ケンくんも聖剣を振ったときに魔力を大量に消費したらしいから、労いと感謝を込めて回復する。

私が魔法を使い終わったとき、また地面がグラグラと揺《ゆ》れる。これは……うそでしょ。

「マジか……」

ケンくんが思わずと言った風に呟《つぶや》く。

私たちの視線の先では、甲羅《こうら》と足に傷を負《お》ったカメが、また動き出していた。

また破壊光線を撃《う》つつもりじゃ、と身構えたけど、カメはゆっくりと体の向きを変えて、そのまま私たちから遠ざかっていった。

「……終わったのか？」

カメの姿が見えなくなってから、ケンくんがそう呟《つぶや》いた。

マルコはヒビの入った盾《たて》を撫《な》でながら、ケンくんに向かって頷く。

「……そのようです。さ、下山しましょうか」

……どことなく、もうここにいたくない！　って言ってるように聞こえたのは、私だけじゃないはず。

まぁ、あのカメのせいで散々な目にあったし、私もさっさと下山したい。カメの気が変わって、また戻ってこないとも限らないんだし。

「よし、帰ろう！」

「「うん！」」

ミュウたちも元気よく返事した。

目的は果たしたし、これ以上山頂に留《とど》まる理由はない。

私たちは少し休んだあと、もと来た道を戻り始めた。

……もしかしたら、あのカメは神殿と聖剣を守ってたんじゃないかな。

勇者のケン君に気づいたから私たちを神殿に招き入れて、攻撃して実力を試した。それでケン君の力を認めて、去っていったのかも。

まぁ、本当のところはわからないんだけどね。


超強い聖剣を手に入れて嬉しそうなケン君は、夜になってもずっと持ったままだった。っていうか、ケン君が手を離すと聖剣は勝手に地面に刺さる。見かねたクルルが魔道具の鞘《さや》を作ってるけど、出来上がるまでは持ってないといけない。

そして今も、ケン君がうっかり手放した瞬間、聖剣は地面に刺さった。……私のコートの裾《すそ》を巻き込んで。

「コレ、どこでも刺さるんだね……」

「……すみません。まさかこうなるとは」

慌《あわ》ててケン君が引き抜いてくれたけど、私のコートの裾《すそ》は少し破れちゃった。しっかり管理しておいてよ、ケン君……このくらいなら気にしなくてもいいけども。

ともあれ、これであとは下山するだけ。登るよりは楽だろうし、アイリちゃんもまだセイクルにいるはず。

ちゃんと帰ってきたって言わないとね。

第七章　銀色の勇気

私たちは予定よりも早く、二日で下山できた。

というのも、途中で遭遇したシカの魔獣、ホーンディアを使ったから。私としてはもう二度と乗らないつもりだったんだけどね。

出てきた三体のホーンディアに向かって、ケン君が聖剣をひと振りしたら、一瞬で二体が消し飛んで、一体だけになった。その残ったホーンディアをマルコが捕まえて、結局足として使うことに。

で、霊峰《れいほう》から下りたのはいいけど、早速《さっそく》問題が発生した。

私たちが立ち寄っていた街、セイクルの方角で黒煙《こくえん》が上がっているのが見えるの。

「……セイクルが、燃えてる？」

「ん、炎《ほのお》が、見えた……」

私が聞くと単眼鏡《たんがんきょう》を使って様子を窺《うかが》っていたクルルが、焦《あせ》った感じで言う。

……それってヤバいのでは？

他の皆もどこか落ち着きがない。……アイリちゃん、無事だといいけど。

「乗合《のりあい》馬車がないのはそのせいですか……！」

マルコが悔《くや》しそうに拳《こぶし》を握り締める。行きと同じように乗合《のりあい》馬車でセイクルに戻るつもりが、それができなくなってしまったから。

「どうすんだ？　歩いていったら日が暮れるぞ……」

「シカも逃げちゃったもんねー」

雪が積もった道をセイクルまで歩くと、ケン君が言う通り日が暮れる。ホーンディアも山を下りた途端逃げてしまった。

本当は今日中にセイクルに帰って宿に泊まりたかったけど……難しいかな。

すると、ミュウがバッと後ろを振り返った。

「誰か来たよ！」

「うん？　アレは……」

ミュウが指したほうから、すごい速度で一台の馬車が走ってきた。よく目を凝《こ》らすと、その御者《ぎょしゃ》台にいる人には見覚えがある。

「お嬢様方ぁー！　お助けをー！」

「あなたは……ナナさん!?」

大声で叫びながら私たちの前で馬車を急停止させたその人は、旅の間何度かお世話になったナナさんだった。煤《すす》けた服に、細かな傷が目立つ……なにがあったの⁉

「あ、会えましたぜ姉御！　これで助かりまさぁ！」

ナナさんが虚空《こくう》に向かって叫ぶ。姉御っていうのは確か、セシルさんのことだったはず。

「なにがあったんですか？」

「バケモンが野盗を引き連れて襲《おそ》ってきたんでさぁ！　今は姉御とルーカ嬢が耐《た》えてやすが……このまんまじゃあジリ貧だってんで、お嬢様方を呼んでこいと言われたんでさぁ！」

早口でまくし立てるナナさん。バケモンね……かなりヤバい相手がいるのはわかった！

わざわざ迎えに来てくれたんだし、急いで向かおう。セシルさんはものすごく強い……それでも盗賊とバケモンとやらがセットなら、人手が足りないはず！

皆もそう思ったのか、詳しい説明を聞く前に馬車に乗り込んでた。

「説明は移動しながらで勘弁《かんべん》してくだせぇ！」

「構いません！」

私はナナさんに大きく頷いた。ナナさんは全速力で馬を走らせて、セイクルへ向かう。

「なにがあったんだ、おっさん！」

焦《あせ》ったケン君が御者台《ぎょしゃ》に上《のぼ》って、ナナさんに説明を求める。

「今朝方《けさ》街が騒《さわ》がしくなりやして、見たらとんでもねぇ数の野盗が押し寄せてきたんでさぁ！　姉御が冒険者を引き連れて応戦してたんですがね、そこにバケモンがやってきたもんで、一気に押され始めちまって……あっしは姉御に頼まれて、皆さんを迎えに来たんでさぁ！　いやぁ、会えてよかったですぜ！」

ナナさんは手綱《たづな》を操《あやつ》りながら、大声で一気に説明してくれた。それを聞いたケン君が、顔を顰《しか》めながらさらに問いかける。

「そのバケモンってなんだ？　魔獣か？　魔人か？」

「いえ、人でさぁ！　とんでもなく強い魔法を連発するヤツでさぁ！」

「それって……」

なんで皆、こっち見たの!?　私じゃないよ!?　私盗賊と一緒に街を襲《おそ》ったりしないからね!?

「……私じゃないからね」

「すみません、つい……」

つい……じゃないのケン君。私、ずっと近くにいたじゃない。

「魔法の、連発で、思い、浮かんだ」

クルルも、なんでそうなるかな。確かに私は魔法を連発するけど、なんでそうなるの。それに、強力な魔法を使うってことなら、ケン君も当てはまるんだからね。

っと、そんなことしてるうちにセイクルに近づいてきたね。

近くで見ると、かなり大きい被害が出ているのがわかる……あちこちで火災が起こってて、遠くから爆発や新しい火柱《ひばしら》が上がる。

「酷《ひど》い……」

綺麗な街が破壊されている光景を目にして、ミュウがグッと拳《こぶし》を握り締めて呟《つぶや》く。

すると、マルコが武器の確認をしながら立ち上がった。

「僕はここで降り、避難誘導と盗賊探しをします！」

「ん、手伝う。そっちは、任せた」

そう言ってサムズアップしたマルコとクルルは、高速で走る馬車から躊躇《ためら》うことなく飛び降りた。

盾《たて》と荷物をそれぞれ使って着地の衝撃を和《やわ》らげたらしく、すぐに立ち上がって走っている。

「うおっ!?　危ねっ!?」

街中を疾走《しっそう》する馬車に、どこからか飛んできた矢が刺さる。御者台《ぎょしゃ》にいたケン君を矢が掠《かす》めたらしく、バランスを崩《くず》しかけた。

「こ、ここからは野盗が大勢いるんでさぁ！　気をつけてくだせぇ！」

ナナさんは、すごく動揺してる。飛んでくる矢に驚いたらしく、馬は速度を落とした。

「おじさーん！　ここでいいよー！」

「あとは、わたしたちに任せてください！」

これ以上馬車で進むのは無理だと思ったのか、ウルルとミュウが武器を構えて馬車から飛び出す。

でもそのままだと危ない……特にウルルが不安。

「待って二人とも！　【シールド】！」

私は慌《あわ》てて二人を呼び止めて、【シールド】をかける。ないよりはマシでしょ！

「ありがとー！　行ってきまーす！」

「こっちは任せて！」

ウルルとミュウが走っていくのを見送る。怪我《けが》、しないでね。

さっきより速度を落としたけど、ナナさんはまだ馬車を走らせてる。その顔は青くなっていて、恐怖を必死に堪《こら》えてるのが私にもよくわかった。……これ以上は、危険すぎるね。

「ナナさん、ここで降ろしてください」

「へ？　い、いいんですかい？」

「はい。ケン君、ナナさんを安全なところに連れていって」

「ミサキさん……いや、わかりました！　任せてください！」

ケン君は私が言いたいことがわかったのか、「すぐ戻ってきます！」って言って、ナナさんと一緒に馬車で走っていった。

ここでケン君まで降りちゃうと、ナナさん一人が馬車に残っちゃう。盗賊がうようよいる場所で、戦う術《すべ》を持たない人が一人じゃ危なすぎる。

だからこそ、ケン君に任せた。ケン君とナナさんの二人にも【シールド】はかけてあるけど、勇者の抑止力に期待してる。

「お願いね……ケン君」

聖剣を背負ったケン君は、かなり強そうに見える……そして実際強いからね。

なんてことを走りながら考えてたけど……私のところにも、そりゃあ盗賊は来るよねぇ。弱そうな女の子一人だし。だけど、甘く見ないでね！

「【オーブ】三連！」

「「「あ？」」」

嫌な笑みを浮かべながら近寄ってきたのは、三人の盗賊。余裕のつもりなのか、私が放った【オーブ】を避《よ》けようともしなかった。ただくっつくだけの光の玉を見て、さらに下品な笑い声を上げる。

「ひゃははは！　なんだこりゃ？　……ぅお……」

「なにやってんだよ……ってなんだと……」

「て、てめぇなにしや……く……」

だけどその油断が命取り。【オーブ】に魔力を吸われた盗賊は、走る私に追いつけずに倒れる。

そんなに魔力量が多くなかったのかな？　……思ったよりも簡単に倒せた。魔力切れじゃしばらくは動けないだろうし、あとは他の冒険者に任せよう。

私が向かうのは、さっきから火柱《ひばしら》が上がってる場所。

多分あの火柱《ひばしら》は、セシルさんの魔法だと思うんだよね。そうじゃなくても、誰かがまだ戦ってるってことだろうし。

そのとき、突然路地から男が飛び出してきた。

「もらったぁ！」

「え？　きゃああっ!?　……あ」

「……がはっ……」

武器も持たず、ただ飛びかかってきた男に驚いて咄嗟《とっさ》に杖《つえ》を振り回したら、偶然男の頭に命中した。

……えーっと、この人も盗賊だよね？　格好もそれっぽいし。気絶したみたいだけど……うん、死んでないから放置！　わざわざ回復しなくてもいいでしょ！

さっきから倒れた人を何人も見るけど、この街に住んでる人じゃなさそう……というか盗賊っぽい。セイクルの住人が着てる服とはデザインが違うから。住人はちゃんと避難できてるみたいでよかった。

ついさっき盗賊とかち合ったばかりなのに、早速《さっそく》注意が散漫になってたみたい。また も路地から飛び出してきた小さな影にぶつかる。

「うわっ⁉」

「ひゃっ……」

「キュイン⁉」

ちらりと銀色が見えて、急いで起き上がったら……なんと、私とぶつかったのはアイリちゃんだった。背中にリコもくっついてる。

まさかこんなところで会うなんて……てっきり避難してると思ってたのに。

よく見るとアイリちゃんの体には、転んでできたらしい擦《す》り傷がいくつもあった。一体なにがあったの!?

「……おねえさん！　……こわかった……！」

【ヒール】！　……アイリちゃん、なにがあったの？」

「……おかあさんが……たたかってる、の……たすけて、おねえさん……！」

ブワッと涙を流して、私のローブに顔を埋《うず》めるアイリちゃん。セシルさんが危ない状況なのはなんとなくわかった。

「キュキュッ！　キュウ！」

私がアイリちゃんを宥《なだ》めていると、リコが手招きみたいな動作をする。

「案内してくれるの？」

「キュキュ！」

どうやらセシルさんのところまで連れていってくれるらしい……けど、アイリちゃんはどうしよう。ここに置いていくわけにはいかないし……かといって連れていくのもね。

うーんと考えていると、私のローブから顔を上げたアイリちゃんが、涙を拭《ぬぐ》って私をじっと見た。

「……わたしも……いく……！」

「えっ⁉　危ないよ？」

「……つれていって……おねえさん……！」

マジですか。

うそでしょって思ったけど、どうやら本気らしい。キリッとした表情からは「絶対についていく！」って覚悟を感じた。仕方ない。妙なところでアイリちゃんは頑固なんだなぁ……連れていこうか。

「……わかった、行こう！」

「！　……うん……！」

「リコ、案内して！【シールド】！【リフレクト】！」

「キュッ！」

私は外からの攻撃から皆を守れるように、魔法を展開した。

たったか駆けるリコに置いていかれないように走る。リコは盗賊の位置を把握して避《さ》けているようで、途中で何度も方向を変えて進む。

そして、アイリちゃんの足が意外と速い。これじゃ私が置いていかれそうだよ。

しばらく走ると、一段と被害が大きいところに出た。その奥では、魔法なのかなんなのか激しい爆発が起きてる。その中心にいるのは……セシルさん！

「【リフレクト】！」

魔法が飛《と》び交《か》ってるなら、【リフレクト】で反射すればいい。私はすぐに詠唱《えいしょう》した。

「⁉　ミサキかい⁉」

セシルさんは私に気がついたようで、ボロボロの姿でこちらに来た。よく戦えてたなぁって思うほど酷《ひど》い状態。

「はい！　今治療します！　【ハイヒール】！」

急いで回復魔法をかける……けど、上位の回復魔法でも治りが遅い。

するとセシルさんがガバッ！　と顔を上げて、悲鳴に近い大声を出す。

「ミサキ！　魔法が来る！」

その声にハッとしてセシルさんの視線を追うと、巨大な火の玉が飛んでくるところだった。でも大丈夫、見えていれば対処は難しくない。

「【リフレクト】！」

「なに⁉」

飛んできた魔法を跳ね返すと、途中で爆発した火球の向こうから焦《あせ》ったような男の声が聞こえてきた。

今の声……どこかで聞いたことあるような？　うーん……どこでだっけなぁ。

まぁ……相手がどんな人であれ、敵対するっていうなら私はとことん戦うよ。

「やるねぇ、ミサキ。助かるよ」

「いえ、間に合ってよかったです」

治療が終わったセシルさんがニッと笑みを浮かべる。

……また魔法が飛んできたら面倒だし、結界を張っておこうかな。

「【リフレクト】！　【サンクチュアリ】！」

私が結界を張ってる間に、セシルさんは私にくっついていたアイリちゃんに声をかけた。

「アイリ……戻ってきたのかい？」

「……わたしも……たたかう……！」

小さいけど、力強いアイリちゃんの言葉を聞いたセシルさんは、なにか言いかけたけど……なにも言わずに笑って、アイリちゃんをワシッと撫《な》でた。

「……おかあさん……？」

「しっかりやんなよ。アイリの力、見せてみな」

「！　……うん……！」

セシルさんはアイリちゃんが戦うことには反対しないんだ。

まぁ……今のアイリちゃんはやる気に満ちてるし、【シールド】や【ヒール】が使える私もいるし……ってことなんだろうけど。セシルさんはちら、と私を見て頷いたからね。

火球がまた飛んできて、【リフレクト】に当たって跳ね返っていった。ただ、今度は途中で爆発するんじゃなくて、飛んできたところを綺麗に辿《たど》って戻っていく。

それを慌《あわ》てて避《さ》けたのは、フードがついた黒いローブで体をすっぽり覆《おお》った人。

さっきの声からすれば男性なんだろうけど……顔は見えないか。

「くそっ……【ファイアスト……】」

「【ライトチェイン】！　あれっ⁉」

ローブの男が詠唱《えいしょう》を始めてすぐに、持っている杖《つえ》に魔法陣が浮かぶのが見えた。だから拘束《こうそく》するために【ライトチェイン】を使ったんだけど……なぜか鎖《くさり》が巻きつく前に砕《くだ》けた。

「ふん……【ファイアストーム】」

そして、カウンターの火球が飛んでくる。ドカァンッ！　と爆音を立てて、火球が【サンクチュアリ】にぶつかった。あぁもう、めんどくさい！

「ミサキ、あの野郎に魔法は効かないのさ……なにかのスキルかもしれない」

セシルさんが悔《くや》しそうに教えてくれる。

「えぇ……」

そんなの、どうやって戦えばいいの？　私は魔法以外は使えないし、セシルさんが接近しようにも火球の威力が高くて無理。【ライトチェイン】も効かないんじゃ、動きを止めることもできない。

「さて、どうしたもんかねぇ」

「……ケン君が来るまで待つしかないかなぁ……」

私とセシルさんは考え込むしかなくなる。

このままじゃ戦いが終わらない。私の魔法は相手に届かないけど、相手の魔法は私の結界を壊せないっぽい。どっちかの魔力が切れるまで戦うわけにもいかないし……

すると、セシルさんがニッと笑みを浮かべて、アイリちゃんの頭にポンと手を置いた。

「いや、なんとかなるかもしれないよ。だろう？　アイリ」

「！　……うん……！」

「え？　ど、どういうことですか？」

この状況をアイリちゃんがなんとかできる？　え？　アイリちゃんって魔法使いじゃないの？　短杖持ってるから、てっきり私と同じ後衛タイプかとばかり思ってたよ。

「アイリが持つスキルは魔法じゃない。ま、反則みたいなもんさね」

「は、反則？」

「ひょっとすると、ミサキより強いかもねぇ」

「えぇっ⁉」

私が持ってるチート魔法より強い？　なのに魔法じゃない？　武器が短杖なら、ウルルみたいな近接特化系でもないだろうし……ダメ、どんなスキルなのか想像できないよ。

混乱する私の隣で、短杖を構えたアイリちゃんが、肩にリコをのせて目を瞑《つぶ》る。一体どんなスキルを使うの？

「……いくよ……リコ……」

「キューイ！」

静かに呟《つぶや》いたアイリちゃんの体から、ユラリと白いオーラみたいなのが噴《ふ》き出した。さらにリコの尻尾《しっぽ》がブワッと大きくなる。

なにこれ……まさかウルルと同じような暴走系？　だとしたらあんまり使ってほしくないんだけど。

私が考えてることがわかったのか、セシルさんが私の肩に手を置く。

「心配しなくても大丈夫だよ。ちゃんと集中できてるからねぇ」

「どんなスキルなんですか？」

「〈稲妻《いなずま》の幻獣《げんじゅう》〉……リコの力を引き出すスキルさ」

リコの力を……そんなことできたんだ。

アイリちゃんの髪の毛はパチパチと弾《はじ》けるスパークを発生させていた。ウルルとはまた違うけど、触《ふ》れたらヤバい感じになってる。

「……〈いなずまのげんじゅう〉！」

アイリちゃんがそう叫んだ瞬間、ガガァアンッ！　と爆音が鳴り響いた。

閃光《せんこう》で視界が真っ白になって、なにも見えなくなる。視界が戻ってなんとか前を見ると……

「うぉわ!?」

そこには、大きな金色の物体があった。

なにこれ……と思ったら、なんと巨大化したリコの尻尾《しっぽ》。……え？　力を引き出すってそういうこと？

「キュアァアン！」

リコは鋭《するど》い声で鳴いた。可愛らしい見た目はどこへやら。巨大化したリコは、キツネっぽい顔としなやかな体に変化していた。スパークを纏《まと》って発光するたてがみと、うっすらと白く光る尻尾《しっぽ》が幻想的。

「……いって……リコ……！」

「キュァァァン！」

アイリちゃんの指示で飛び出したリコは、なんと空中を駆けていた。

空を走りながらバリバリと雷《かみなり》を落としまくるリコ。魔法を撃《う》っていた男も慌《あわ》てて逃げ惑ってる。

どうやらアレが魔法じゃないってことに気がついたらしい。意外と勘がいいのかも。

リコは周囲の盗賊にも雷《かみなり》を落として、一撃で戦闘不能にする。それを見て呆然《ぼうぜん》とする私に、意地悪な笑みを浮かべたセシルさんが耳打ちした。

「ほら、反則だろう？」

「……確かに」

コレは反則だよ……アイリちゃんもリコも、こんな力を持ってたなんて想像してなかったよ。

セシルさんによると、リコが持つ力は『風を操《あやつ》る』ものなんだそう。

空を飛んでいるのはその風の力で、さらに風で雲を集めて落雷を引き起こしているんだとか。

アイリちゃんはリコに、短杖で指示しているらしい。淡い白のオーラを纏《まと》う短杖を、タクトみたいな感じで振ってる。

「アイツ、意外と粘《ねば》るねぇ……さっさと焼かれちまえばいいのに」

いまだに逃げ回る男を見たセシルさんが、吐き捨てるように言った。

「ええぇ……」

確かに意外としぶといけど、そんなこと言わないであげてください……さすがに可哀想ですって。

「う……もうだめ……」

「キュァァァ……キュッ!?」

突然、アイリちゃんが纏《まと》っていたオーラが消えた。同時に、大きくなっていたリコがポムンッ！　と元に戻る。この姿では風を出せないのか、地面を走って戻ってきた。

私は倒れかけたアイリちゃんを慌《あわ》てて支える。

「アイリちゃん、大丈夫？」

「……うん……だいじょうぶ……」

「無理はしないでね」

ぐったりとして肩で息をするアイリちゃん。この状態には覚えがある……私もなった、魔力切れ寸前の症状。きっと今のアイリちゃんは、酷《ひど》い頭痛に悩まされているはず。

一応回復魔法はかけたけど、完全に治るまではしばらくかかる。

「よくも……」

リコがいなくなった途端、逃げ回っていた男が低い声で唸《うな》った。

「まだやる気かい……しぶといねぇ！」

もう諦《あきら》めればいいのに。セシルさんの言う通り相当しぶといな、あの人。

また魔法の撃《う》ち合いになるかと思ったそのとき、私の後ろから炎《ほのお》の刃《やいば》が勢いよく飛んでいった。今の攻撃は……やっと来てくれた！

「お待たせしました！　……って、うそだろ……」

聖剣を構えて走ってきたケン君は、自分が放った炎《ほのお》が効いていないことに驚いたみたい。

「ケン君、あの人に魔法は効かないんだって」

「マジすか。めんどくさいっすね……」

聖剣を使った勇者の魔法でもダメなんて……そんなのあり？　って感じだけど。

セシルさんは、ケン君が持ってる聖剣に驚いたのか、目を丸くする。

「ケン……アンタその武器……」

「ちゃんと取ってきましたよ、聖剣！」

「はは、やるねぇ。そいつに見合う働きを期待してるからね」

セシルさんの言葉に、ケン君が深く頷く。きりっとした顔でケン君が構え直すと、それに呼応するように聖剣が輝いた。

……と、不意に男の動きが止まる。がりがりと頭を掻《か》くような動きをしたあと、苛《いら》立《だ》ったように地団駄《じだんだ》を踏んだ。そしてガバッと両手を広げて叫ぶ。

「ケン？　ケン……カトウか！　はっはは！　ようやく見つけたぞ！」

「……あん？　誰だお前。顔見せろ」

「なんだもう忘れたのか？　全く……残念だよ」

ケン君が語気を強めて問いかけると、男がやたらと芝居《しばい》がかった動きでフードを取った。

……って、うそでしょ……なんでこの人がここにいるの？

「っ！　……ササキさん、なにやってるんですか」

ケン君は驚いて目を見開いてる。

頬《ほお》はこけて髪はぼさぼさ、髭《ひげ》も伸び放題で目だけはギラギラと光ってる……召喚されたときや、《魔獣暴走《スタンピード》》で見たときとはだいぶ印象が違うけど、間違いなくこの人はササキさんだよね。

「決まっているだろう？　復讐《ふくしゅう》だよ」

「復讐《ふくしゅう》、だと……？」

復讐《ふくしゅう》だとか言ってるし、どう見てもまともな状態じゃない。

すると、セシルさんが、こっそりと私に近づいて質問してきた。

「……知り合いかい？」

「一応同郷の人です。職業は……賢者」

「アレで、賢者だって？」

セシルさんが、信じられない！　と言わんばかりに首を横に振る。

私だって認めたくないけど、あの人の職業は間違いなく賢者。……賢《かしこ》さってなんだっけ？　と思わずにいられないけどね。

敵の正体がわかって混乱したのか、ケン君が構えを解いて問いかける。

「ササキさん、あんたはなにに復讐《ふくしゅう》するつもりだ？」

「お前だよカトウ！　俺を裏切って王城から追い出した！　お前になぁ！」

「……は？」

……はい？　なに言ってるのあの人。

ケン君も同じことを思ったらしく、私と顔を見合わせる。ケン君はササキさんを裏切ってなんかいないはず。……もしかして、魔人を倒したかどうかで揉《も》めたときの話？　だとしてもアレは自業自得《じごうじとく》だし、そもそも追い出したのは王様であってケン君じゃないって聞いた。ケン君に復讐《ふくしゅう》するっていうのは筋違いだと思うけど。

「王城には全てがあった！　金も！　女も！　だがどうだ！　お前のせいでこのザマだ！」

「俺のせいじゃねぇと思うけどな……」

「だから殺してやるのさ。安心しろ！　一瞬で消し炭にしてやる！」

「聞けよ」

ケン君が思わずといった風にツッコミを入れてるけど……ササキさんに話が通じてる気はしない。完全に逆恨《さかうら》みじゃん……って、そういえば。

「コンドウさんが言ってたの、このことかなぁ……」

「……あ。そういえば確かに……」

ケン君も忘れてたね？　遠征に出発する前、コンドウさんが言っていたこと。ササキさんが私やケン君に恨《うら》みを持ってるって話。まさか王都から遠く離れたセイクルにいるとは思わなかったけど。

ササキさんはニヤニヤと笑う。

「ようやく殺せるぞ……ここまで追ってきた甲斐《かい》があった……」

「「……」」

違った、最初からここにいたんじゃなくて、私たちを追いかけてきたらしかった。

ブツブツと呪詛《じゅそ》のような言葉を吐き続けるササキさん。筋違いで逆恨《さかうら》みした挙句、躊躇《ためら》いもなくケン君を殺そうとするなんて……許せない。

「ケン君、構えて。来るよ……【サンクチュアリ】！」

「え？　は、はい！」

「しっかりして」

顔馴染みとはいえ、これだけ明確な殺意を持ってるんだもん。こっちは傷つけるつもりなくても、ササキさんは違う。

そもそもササキさんは、既《すで》にセシルさんと戦って街に被害を出した。それにナナさんが言ってたけど、盗賊を連れてきたのもササキさんだとか。あの人は敵……それもかなり手強《てごわ》い、ね。

「……【ファイアストーム】」

ほらね？　人ひとりを完全に呑み込むような大きさの火球を、躊躇《ためら》うことなく放ってきた。

「【リフレクト】！」

「はははは！　効かないぞ！」

私はササキさんの魔法を跳ね返したけど……やっぱりびくともしない。

「あの馬鹿が賢者ねぇ……アタシも手伝うよ。ミサキ、ケン」

ポキポキと関節を鳴らしたセシルさんが、腰の剣を抜き放って言う。魔法での撃《う》ち合いは無意味だと思ったらしい。

「だって。どうするの？　ケン君」

さて、ケン君はどうする？　知ってる人だから戦えない、なんて言わないでよね。

「……一発ぶん殴《なぐ》って、目ぇ覚まさせます！」

「よく言ったねケン！　こりゃ面白くなってきたよ！」

……セシルさんが言うように面白いかどうかはさておき、これでケン君もやる気になった。

飛んでくる火球がうっとうしくなってきたし……そろそろ決着をつけたいね。

魔法が効かないのは、多分スキルのせいかな。召喚者は全員チート級のスキルを持ってると考えてよさそうだし、魔法を使ってるってことは、ササキさんもスキルが使えるようになったんだろうし。

うーん、敵になると厄介《やっかい》だなぁ……召喚者。さて、私には私のできることをしましょうか。

「私は防御に専念します」

「ああ、任せたよ」

セシルさんに続いて、ケン君も頷く。

「お願いします。俺は、ササキさんをぶん殴《なぐ》ります」

ササキさんがケン君だけを狙うなら、私も対策しやすいんだけど。きっとそううまくはいかないよね。

すると、アイリちゃんが私の袖《そで》を引っ張った。もう体調はよくなったの？

「……おねえさん……わたしも……！」

短杖を握り締めてる……ってことは、さっきのアレをするつもり？　まだ魔力は完全に回復してないでしょ。既《すで》に経験したから言うけど、あんまり無理するとあとで辛《つら》いよ？

「でもアイリちゃん、魔力が……」

「……がんばる……！」

コレは折れそうにない……全く、本当に妙なところで頑固なんだから。

また倒れたりしないように、無理しない範囲でならいいってことにしようかな。魔力は、私が魔法を使えばある程度回復するし。

「はぁ……わかった。でも無理はしないこと」

「……うん……！　リコ……！」

「キュー！」

セシルさんとケン君が飛び出すのと同時に、アイリちゃんがチャージを始めた。

ササキさんが火球を放ってくる間隔は、早くて三秒ってとこ。【リフレクト】はミスしちゃいけないかな。

「【ファイアストーム】」

「【リフレクト】！」

魔法ではお互いにダメージを与えられない。それはササキさんもわかってるはずなのに、ケン君を狙った砲撃《ほうげき》は止まらない。

防御している私じゃなくて、あくまでもケン君を狙うんだね。執念《しゅうねん》深いというかなんというか。

「……〈いなずまのげんじゅう〉！」

「キュアァァァン！」

スーパーリコ、再び。さっき散々追い回されたのを思い出したのか、ササキさんがびくりと震える。

その隙《すき》を逃《のが》さずに、ケン君とセシルさんが間合いを詰めた。リコもスパークを撒《ま》き散らしながら接近していく。三方向から攻められて、さすがに決まったかな？　って思った瞬間、ササキさんが新しい魔法を使った。

「くそっ……【エアロアーマー】！」

すると、剣を振り下ろしていたケン君とセシルさんが、一気にササキさんから引き離される。

「うお!?」

「この風は……っ！」

こんな魔法を隠し持ってたなんて……って、あれ？　あの魔法、どこかで見たことあるような。

「アンタだったのかい。盗賊に魔法を使ったのは」

セシルさんが拳《こぶし》を握り締めた。……ああ！　トーリアの手前で戦った世紀末な盗賊！

そっか、あのとき盗賊が使ってた魔法は、ササキさんの魔法だったんだね。ホント、碌《ろく》なことしないっていうかなんていうか。ケン君たちが気になることって、それだったんだ。確かに、ただの盗賊はあんなにチートな魔法、使えないよね。

「はっ……だからどうした？」

風を纏《まと》って勝ち誇《ほこ》ったような顔をするササキさん。

……でも、ササキさんは知らない。すぐ後ろで唸《うな》っているリコが、風を操《あやつ》る能力を持っていることを。そんなリコに、風の鎧《よろい》なんて意味ないことを。

「……キュ」

リコがベシンッ！　と、前足で軽くササキさんを叩《たた》いた。軽く、といっても今のリコのサイズはかなり大きい。だから、威力も相当。

「へぶぅ!?」

ササキさんは、つんのめるように顔から倒れる。うわぁ痛そう……グシャッといって眼鏡が割れた。

「キュッ！」

役目は終えたとばかりに、リコが元の大きさに戻る。アイリちゃんも、少し汗をかくくらいで済んだようでなにより。

ケン君はびっくりして固まってる。そっか、大きくなったリコを見るのは初めてだもんね。

「なんだ今の……リコか？」

「キュキュ！」

リコはあっさりササキさんを倒したのを、「ダメ？」みたいな感じでケン君に問いかける。

「いや、いいけどよ……あっけねぇ……」

ケン君は微妙な表情で、倒れたササキさんを見ながら呟《つぶや》いた。

そのあと、リコの一撃で気絶したササキさんは、セシルさんが王都まで連れていくことになった。セシルさんは、なんか首輪みたいな道具をササキさんに着けた。真っ黒で禍々《まがまが》しい首輪。

「セシルさん、それは？」

「スキル封じの魔道具さ。とっておきだから一つしかないけどねぇ」

「へ、へぇ……」

セシルさんは、いい笑顔で魔道具の説明をしてくれた。大したことないように聞こえるけど、スキルを封じられるのってかなりヤバい。

私たち召喚者の場合、文字や言葉の理解にもスキルを使っているからね。ササキさん、道中は話が通じない人たちに囲まれるんだろうね。

まぁ、これでセシルさんが途中でササキさんに魔法で攻撃されることはないよね。よかった。

そして夕方になる頃、街に入り込んでいた盗賊は、一人残らず捕縛《ほばく》した。

街の人たちと力を合わせて戦っていたミュウとウルルと合流し、話を聞いたところ、ミュウたちはもちろん、セイクルにいた冒険者たちも盗賊を殺さずに捕まえたらしい。

冒険者側の被害は、軽傷者が数人だけ……冒険者強いね。

でもよく考えると、強い技で一撃で倒しちゃったほうが時間はかからなかった気がする。ちょっと気になって、ミュウに聞いてみた。

「それにしてもミュウ、わざわざ手加減してまで捕まえたのはなんで？」

「街の復旧をしてもらうんだって。人手がいるから」

「ああ、なるほど……」

セイクルの街はだいぶ破壊されてしまったからね。わざわざ殺さずに捕まえたのはそれが理由かぁ。なかなかいいこと考えるね。

避難者をそれぞれの家に送ってから、クルルとマルコも私たちのもとへ戻ってくる。

復旧は街の人がやるとのことで、私たちにはすることがなくなった……どうしよう。

「さて、どうしましょうか」

マルコも私と同じように悩んだみたい。ケン君がげっそりした顔で返事をする。

「俺は疲れた。まずは寝たい」

「そうですね」

そういうことで、ケン君とマルコは一足先に宿に戻った。霊峰《れいほう》に行ってる間も部屋を取りっぱなしにしてたようで、そのまま利用することができるんだって。

私たちの宿もミュウがちゃんと取っておいてくれたし、疲れたから休みたいんだけど……

「ミュウたちはどうするの？」

私が尋ねると、クルル、ミュウ、ウルルの順に答えてくれた。

「私も、疲れた……寝る」

「んー……わたしも少し休もうかなぁ」

「瓦礫《がれき》運ぶのとか手伝うー。重そうだしー」

ミュウとクルルは疲労がたまってるようで、宿で休むことにしたらしい。

まだ元気があり余ってるウルルは、大きな瓦礫《がれき》運びを手伝うって。一度断られてるのに、意外と真面目だね、ウルル。

ミュウとクルルは部屋を掃除するって言って、先に戻った。私も手伝ったほうがいいかと思ったんだけど、二人で十分だからって言われてね。ミュウはなんか挙動《きょどう》不審《ふしん》だった気もするけど、なんでだろう？

「……おねえさん……」

「うぉわ!?」

そのとき突然後ろから声が聞こえて、袖《そで》を引っ張られた。その犯人は……やっぱりアイリちゃん。

そうか、ミュウはアイリちゃんが来てることに気がついてたんだね。それで私をここに残そうとしたみたい。言ってくれればよかったのに。まぁそれはともかく、アイリちゃんはなにか用事がありそう。もじもじしながらあっちを見たりこっちを見たり……どこか落ち着きがない。

「どうしたの？　アイリちゃん」

「……えと……おねがいが、あって……」

「お願い？　私に？」

なんだろう？　とりあえず立ったままなのもなんだから、近くにあるベンチに座った。アイリちゃんの肩に乗るリコも、珍しく今は落ち着いてる。いつもはうるさいくらいなのに。

「それで、お願いって？」

「……わたしを……なかまに、して……ください……！」

……すぐには返事できないお願いだった。

「……うん？　それは、パーティーに入りたいってこと？」

コクリと頷くアイリちゃん。アイリちゃんと、ついでにリコの表情は真剣そのもの。

どうしよう……私はアイリちゃんが参加しても構わない……というかむしろ嬉しいくらいなんだけど、ミュウたちは、そしてなによりセシルさんは許してくれるのかな？

アイリちゃんはまだ子供だし、セシルさんもそう簡単にはオーケーしてくれないんじゃないかな。

そう思っていると、アイリちゃんがポーチの中から折り畳《たた》まれた紙を取り出して、私に差し出す。

「……あの……これ……」

「手紙？　あ、セシルさんからだね」

「……おねえさんに……わたせって……」

セシルさんが私に手紙？　直接言うんじゃなくってわざわざ？　なにが書いてあるのかな？

『ミサキとそのパーティーメンバーへ

突然ですまないけど、アイリがアンタたちと一緒に行きたいって言い出してね。まだ早いって言ったんだが、アイリが駄々をこねた。

こうなるとアイリは頑固でね、結局アタシが折れた。

それに、アンタたちのパーティーなら任せてもいいとアタシは思ってる。

だからもし、アンタたちさえよければ、アイリの面倒を見てやってくれないかい？

嫌なら送り帰してくれて構わないからね。よろしく頼むよ。

追伸――バカ旦那はアタシが説得しておくから安心しな。

セシル』

手紙にはそう書いてあった。

アイリちゃん……駄々こねてまで私たちのところに来たがったんだね。しかもセシルさんが根負けしてるし、既《すで》に説得済みだったのには驚いたよ。この手紙を読むと、私たちのパーティーに入る準備はできてる……っていう風に見えるんだけど。

アイリちゃんが旅用の服着てるのってそのせい？　よく見たら、足元に大きめのバッグがある。

どう見ても準備万端《ばんたん》だね……これで断るっていうのも可哀想じゃん。

「セシルさんとは離れちゃうけど、いいの？」

「……うん……いつか、また……あえるから……」

「まぁそうだけど……」

なんか前に私が言った言葉を、アイリちゃんはセシルさんに向けて使っちゃったみたい。親元を離れて、私たちと一緒に過ごす道を選んだらしい。セシルさんが納得してるのなら、もう私に止める理由はない。ナザリさんの説得は、セシルさんがやってくれるみたいだし……ミュウたちも、反対しないはず。

「なら、ミュウたちに挨拶《あいさつ》しに行こっか」

私がそう言うと、ぎゅっと目を瞑《つぶ》っていたアイリちゃんがパァッ！　と顔を輝かせた。

「！　……うん……！」

「キュキュ！」

リコは、短い前足でガッツポーズみたいなことをしてる。私に許可してもらえるかどうか、相当緊張してたっぽい。

まだミュウたちは寝てないだろうし、ウルルはその辺を走り回ってるから、声をかければ大丈夫。なら早速《さっそく》行ってみよう！

丁度近くを通りかかったウルルを呼び止める。

「ウルルー、今いい？」

「んー？　なーにー？」

「ちょっと相談があるんだけど、宿に戻らない？」

「いーよー！」

よし、ウルル確保。これであとは宿に戻るだけ……って、私たちが泊まってた宿ってどこだっけ？　すっかり忘れてて帰り道がわからないんだけど。

……幸い、アイリちゃんがいたから連れていってもらったけど、情けないなぁ、私。こんなので大丈夫なのかな、リーダーって。

宿に戻ると、ミュウたちが丁度掃除を終えたところだった。夕食を食べながらアイリちゃんのことを相談しよう。

というわけで、緊張してるのか私の背中にくっついて離れないアイリちゃんを連れて食堂へ。

そしてミュウたちに、アイリちゃんがパーティーに入りたがっていること、セシルさんの許可はもらってることを話した。

「んー……セシルさんとミサキがいいっていうなら、わたしは反対しないよ？　賑《にぎ》やかになるのもいいと思う」

「さんせー。リコ撫《な》で放題ー！」

「ん、いいと、思う」

ミユウ、ウルル、クルルの順に頷いてくれる。

よかった……皆賛成っぽい。皆なら大丈夫だってわかってたはずなのに、なんだか私まで緊張しちゃった。

「じゃあ改めて。ようこそ『ミサキのパーティー』へ！　アイリちゃん、リコ！」

「……よろしく、おねがい……します！」

「キュッキュー！」

これでアイリちゃんとリコは私のパーティーに正式に参加することになった。

といっても、ギルドに申請してパーティーの情報を更新しないといけないけどね。セイクルにもギルドがあったはずだから、すぐ済むかな。

アイリちゃんは旅の間も私たちと一緒にいたから、緊張はすぐ解《と》けたみたい。少しずつだけど、ミユウたちと話しているときも笑顔が増えてきた。ウルルはリコのもふもふを堪能《たんのう》している。

あ、ケン君たちにもアイリちゃんが仲間になったこと、伝えないと。王都に帰るまでは同行するんだし。……でも、今日はもういいかな。

ひとしきり皆で話したあと、私たちはぐっすり寝てしまった。


そして二日後。

準備でバタバタしていたら、あっという間に出発のときが来てしまった。

私たちが今日旅立つことを伝えたら、セシルさんとナザリさん、それにルーカさんとナナさんがわざわざ見送りに来てくれた。いい人たち……なんだけど、ちょっと気になる光景が。

「アイリぃ……寂しくなるなぁ、嫌だなぁ……あでっ⁉」

「めそめそするんじゃないよ、いい歳して……全く情けないねぇ」

「し、仕方ないじゃないか！　寂しいのは事実なんだ！」

涙を流すナザリさんを、容赦《ようしゃ》なく叩《たた》くセシルさん……ナザリさんは納得してるんだよね？　なんでナザリさんは、ロープでぐるぐる巻きにされた上に、その端をセシルさんが握っているんだろう？

そしてアイリちゃんも、私の背中に隠れてないで、ナザリさんに会ってきなよ……可哀想でしょ。

「頑張ってくだせぇ勇者様！　陰ながら応援してやすぜ！」

威勢よく声を上げるナナさんに、ケン君も元気よく返事をする。

「おう！　おっさんも元気でな！」

「へっへっへ！　そう簡単にゃぁくたばりませんぜ！」

ケン君とナナさんは、いつの間にあんなに仲良く……楽しそうだからいいけども。

そういえば、帰りはマーキン商会に同行しないから、新しく馬車を買ったんだよね。

それで、マルコとケン君が御者《ぎょしゃ》を買って出たんだっけ。もしかしたら、ナナさんに馬車の扱い方を教えてもらったのかもしれないね。

「ミユウ、このナイフあげるヨ。ミユウならうまく使えルはズ」

ミユウは、ルーカさんからククリナイフを贈られて、驚いている。

「い、いいんですか!?」

「もちろン。頑張ってネ」

「はいっ！」

ルーカさんとすっかり話せるようになったんだね、ミユウ。さすがだよ。

ウルルも、ルーカさんに魔獣の牙《きば》でできた首飾りをもらっていた。

……そしてクルルにはなにもないのかと思ったら、なんと事前にテスラさんから色々なものをもらっていたらしい。錬金《れんきん》に使える材料だとか、保存の利《き》く食料だとか。ちゃっかりしてるっていうかなんていうか、クルルらしいなぁ。

「皆さん、準備ができましたよ」

そうこうしているうちに、出発の準備が整ったみたい。マルコが声をかけてくれる。

名残惜《なごりお》しいけど、これで皆さんとはお別れ。

私たちが馬車に乗ると、マルコが馬を走らせる。窓の外で、セシルさんたちは大きく手を振ってくれた。

「元気でね！　また会おう！」

「頑張レみんナー！」

「頑張ってくだせぇー！」

セシルさん、ルーカさん、ナナさんが激励してくれる。

「アイリぃー！」

……ナザリさんだけはなんか違うけど。旅の出発って、こんなにあたたかい気分になるものだったんだね。

そして、伝える言葉はさようならじゃないよね？　だって、もっといいのがあるじゃない。ここに帰ってくるわけじゃないけど、それでもこれがいいと思う。

「行ってきます！」

私が言うと、ケン君も手を振りながら叫ぶ。

「お元気でー！」

「キューイ！」

リコも短い手を一生懸命振っていた。

セシルさんたちは見えなくなるまで手を振り続けてくれた。

向かい側のミュウは、感極まったのか、浮かんでいた涙を拭《ぬぐ》う。

隣に座るアイリちゃんも、やっぱり少し寂しいみたいで瞳を濡《ぬ》らしてた。

旅って、出会いもあれば別れもあるものだよね。こんな風にいいお別れができる出会いって、大切なんだと思う。

これからも、そんな出会いができるかな？

新しくなった私たちのパーティーは、もっともっと賑《にぎ》やかになりそう。

まだ、旅は始まったばかりだよ。

書き下ろし番外編

クルルの才能

ある日のお昼。

「私も、料理、する」

「え？」

丁度いい場所を見つけた私たちが、お昼ご飯の用意をしようとしていると、クルルがなぜか急に料理がしたいと言い出した。

そして鼻息荒く、自分の荷物から包丁を取り出す。

普段は、料理なんて手伝おうともしないのに、なんで急にやる気を出したの？

「なんでまた……」

私が聞いてみると、クルルは調理器具を用意しながら、首だけをこっちに向けた。

「ウルルは、料理が、できる」

「へっ？　あぁうん、確かにそうだね」

確かにウルルは、普段の大雑把《おおざっぱ》な性格からは想像できないほど、料理が上手。というか、意外と器用で割となんでもこなす。

でも、どうしてここでウルルの名前が出てくるんだろう。

……なんて思っていたら、クルルは包丁を持ったまま立ち上がった。

「ウルルに、できるなら、私にも、できる！」

「それは……」

「どうだろう……」

キリッと、どや顔をするクルル。私とミュウは顔を見合わせて苦笑した。

確かにクルルは手先が器用で、薬品やなんかはさくっと作れる。でも、クルルが料理をしているのは見たことがない。

もしかしたら、ウルルみたいに美味《おい》しいものが作れるのかもしれないけど。

「ちなみに、料理の経験は？」

「ない」

……念のために聞いてみたら、被《かぶ》せ気味に即答された。

なんか嫌な予感がする。双子のウルルには料理経験があるのに、クルルにはない。

クルルにやる気がなかっただけなのか、料理をさせてはいけないなにかがあるのか。

真相をウルルに聞いてみたいけど、今は男子たちと一緒に探索に行ってるから無理。

止めるべきかどうか悩んでいるうちに、クルルは簡易キッチンの用意を始めてしまった。

「……好きにやらせてみよっか」

「だねぇ」

クルルがウキウキしているのがすごく伝わってきて、ちょっと待ってと言い出せない。

私とミュウは顔を見合わせて、揃《そろ》って大きなため息をついた。

もしかしたら、クルルも料理が上手なのかもしれないし。

……ということで、クルルがやりたいように料理をしてもらうことにした。


それからしばらく。

「たっだいまー！」

「おかえり」

探索に行っていたウルルたちが戻ってきた。

そこで、寝ているアイリちゃんとリコを起こそうと、私とミュウが馬車に向かった……

その瞬間。

すぐ後ろから、ドカンッ！　という大きな音が聞こえてきた。

「うぉわ!?　なになに!?」

「爆発!?」

慌《あわ》ててその音の発生源を探す私たち。

すると、クルルが立っていた簡易キッチンのところから、もくもくと黒い煙《けむり》が上がっているのが見えた。

「クルル!?」

「……平気」

もしやなにかに襲《おそ》われたのかと思って、急いで駆け寄ると……黒煙の中から、煤《すす》まみれになったクルルが現れた。

どこも怪我《けが》はしていないみたいだけど、念のため回復魔法をかける。

（いったいなにが……）

魔獣に襲《おそ》われたのなら、常に〈探知〉を使っているミュウが気づいたはず。

でも、ミュウを見ても首を横に振るだけ。

周囲を警戒していた男子たちも、魔獣の気配が全くしないからなのか、首を傾げている。

「……ねーねー、もしかして、クルルに料理させたー？」

すると、黒焦《こ》げになった簡易キッチンを調べていたウルルが、私とミュウに尋ねた。

「うん、任せたけど……」

「それだー！」

私が答えると、ウルルはズビシッ！　とクルルを指《さ》す。

どういうことなの……と思っていると、ウルルが深ーいため息をついた。

「クルルにやらせちゃだめだめー。なんでも爆発させるもん」

「……なんでも、じゃない」

「お肉とシチュー爆発させたことあるくせにー!?」

ムッとしたように反論するクルルに、ウルルは声を荒らげた。

お肉とシチュー……絶対に爆発しないようなものが、クルルの手によって悲惨な状態になったことがあるらしい。

というか、クルルにも料理経験あったじゃん。料理が爆発するかどうかはともかく。

「おかーさんに、絶対火の前に立つなって言われてたじゃーん！」

「今なら、いけると、思った……」

「なにその自信!?」

いつもはふざけるウルルが、ツッコミをしている。

クルルは料理ができないんじゃなくて、禁止されていたみたい。

普通のキッチンで料理するよりも、野営でやるのは難しい。それをいきなりクルルに任せたのは、ちょっと失敗だったかな……もっとちゃんと、確認すればよかった。

するとミュウが、さっきまでは鍋《なべ》だった黒焦《こ》げの金属塊《きんぞくかい》をつつきながら、クルルに尋ねた。

「んー……ところでクルル。これって、なにを作ろうとしてたの？」

「スープ」

「どうやったら爆発するの……？」

「……知らない」

クルルの回答に、戦慄《せんりつ》したような表情を浮かべるミュウ。

ほぼ液体のスープを爆発させる方法があったなんて知らなかった。

……じゃなくて、これではっきりした。

クルルに料理をさせるのは、クルルも、私たちも危ない。

一回やるたびに、鍋《なべ》が一個犠牲になるのはもったいないし……クルルには申し訳ないけど、料理は私たちに任せてもらおう。

「クルルは料理禁止ー！」

私と同じことを思ったのか、ウルルが声を張り上げる。

「解《げ》せぬ」

「だめなものはだめー！」

不満そうなクルルだけど、これぱっかりは仕方ない。

火を使わない料理なら、平気なのかな……今度、サンドイッチみたいな料理を教えてみよう。

ぎゃーぎゃーと騒《さわ》ぐ双子を見ながら、私はそんなことを考えた。